U0115419

俳句・組曲

生活的吟咏

鄭敏華

陳清俊

推薦序
文心與禪心的琴瑟和鳴

張春榮｜國立臺北教育大學語文與創作學系退休教授

　　《俳句‧組曲—生活的吟詠》是敏華與清俊「情有獨鍾」的詩意世界,「以意逆志」(作品論)與「知人論世」(作者論)的親切對話。每一首俳句如晨曦露珠,熠熠繁星,湧現情意與知性的二重奏,綻放美感與質感交會時互放的光輝。

　　全書搖曳景情事理,折射迸發的詩心,不免有古典詩中的「自然」、「田園」、「山水」的光影,以我觀物兜出的依稀禪趣,如涓涓泉流,潺潺而來。綜觀全書風格,可以「幽」字貫串。組曲命名,有〈琴館尋幽〉、〈思古幽情〉、〈人生幽谷〉,詩題,如〈幽蘭〉;詩句如「秘境尋幽芳」(〈攬勝〉)、「入扇尋幽芳影歇」(〈夢蝶扇〉)、「詩情幽境偶相遇」(〈俳趣〉)、「淡淡吐幽香」(〈寫作〉)、「幽蘭憔悴人瘦白」(〈嗟嘆〉)、「古色藏幽香」(〈老街〉)、「清幽小巷桃源裡」(〈驚變〉)、「小塘幽趣濃」(〈蓮池〉)等,正是幽寂見默示,特別自內外交感的剎那捕捉浮升抑揚的雅趣;由景及物,由物及心,挑戰「三行十七字」詩中「限制的自由」。

　　大抵好的俳句,不止好看,而且耐看;用語極淺,用意極

深，情餘篇外；並藉由三句押韻（五、七、五音節），交織文字的「形、音、義」之美。全書六輯（「閒情偶記」、「藝文雅興」、「人間有情」、「生活記事」、「自然風物」、「禪思理趣」）中，我個人尤愛變化觀物視角，開發語言新感性。如〈冬雨〉：

> 長巷貓叫聲
>
> 在冬夜被雨淋濕
>
> 浸透了小屋

冬雨是聽覺的饗宴，貓叫聲是穿透雨聲的聽覺摹寫。針對這樣的取材，作者跳出捕捉聽覺的固定模式，以觸覺特別描繪長巷貓叫聲的寒意逼人，濕淋淋的聲聲呼喚，直指作者連夜不寐的共鳴。因此，「後記」指出：「冬夜的雨巷，斷續傳來流浪貓的叫聲，哀鳴聲裡帶著濕淋淋的寒意，倍覺淒清。」即為很貼切的賞析。似此「移覺」、「通感」，正是詩心的新穎召喚，堪稱現代小詩的靈光乍顯，將心比心，心有戚戚。另如〈蟬鳴〉、〈水患〉等均為此類佳作。

至於〈松鼠〉，則為詩心與禪心接軌的觀察：

> 快閃小精靈
>
> 枝頭竄躍身玲瓏
>
> 捧食貌謙恭

前兩行無什特異，在一般人眼中松鼠無非「林間居士」、「快

閃高手」、「密匝匝一抹神隱」。而此首最令人眼前一亮是第三句，一錘定音。「捧食貌謙恭」一指對食物感恩；二指捧食動作如僧人禮佛，不疾不徐，謙恭有禮。此中，有對食物的珍惜，也有接近禮佛的虔誠，遠遠望之，猶如灰色袈裟的小僧人，在林間默示佛法的日常深諦。似此開低走高的詩作，筆端有力，正是掩卷有味。而「後記」云：「偶爾出現的小松鼠，動作活潑靈巧，捧食的姿態，彷彿有一種對食物的敬重，可愛又討喜。」即自「對食物的敬重」，畫龍點睛，別有會心。

另如〈酷暑〉：

熱浪襲人間
烘爐大地烤甜點
柏油瑞士捲

跳開熱浪燠暑的情緒，自宇宙大「烘爐」的視角觀之，柏油路不再是燙腳的「蜀道難」，長長柏油路轉化成蓬鬆瑞士捲；以苦為樂，化困境為味覺的美好饗宴，則是境隨心轉，對不幸微笑；化沉默為幽默，化熱浪為喜感。「後記」謂：「幽默是對不如意事的最好反擊。」直指面對弔詭人生的正向高度，發人深思。其它如〈賞畫〉、〈老犬〉、〈幽蘭〉都在第三句的「轉合」中擴大深化，婉曲流白，浮升飽滿的內蘊。

全書組詩，捕捉共相的分化，多樣的統一，對映不同的生命歷程；由感知、感染、感悟，堆出各異其境的境界。如〈深

情記事〉：

　　　〈伴侶〉
　歲月同悲歡
　風煙裡共渡關山
　笑看霞光暖
　　　〈母親〉
　常繫於一處
　用眼神細心閱讀
　成長的幅度
　　　〈菩薩〉
　俯聽塵世音
　不忍人間多憾恨
　慈顏有淚痕

〈伴侶〉是老來良伴的深情，相扶相濟，互為左膀右臂，看優點不看缺點，自是暖心暖目。〈母親〉是子女安定的力量，做母親的只有擔心，沒有放心；深藏的眼神一一縫在小時、大時的兒身，「悅」讀子女成長的點點滴滴。〈菩薩〉是人類的母親，以大愛面對「天地之大，猶有憾焉」，不免因慈而悲，對眾生苦難，更是因悲而慈（「不忍」）。似此前後呼應，擴大視野，是三層的撞擊。

　反觀第六輯「禪思理趣」，於我而言，如靈光乍顯，照見生活的塵埃。〈修行點滴〉是清俊和敏華的示範，頗足觀摩取

法。而〈菩提心影〉則是由個體走向認知的全體：

〈玄奘〉
險難壓肩頂
橫渡荒漠心堅定
法寶東方明
〈僧侶〉
直承古德說
震天獅吼高峰坐
仰止在彌陀
〈道人〉
與曙光同行
點亮佛燈破暗暝
一輪秋月靜

放眼歷史玄奘孤身闖西域，無視重重艱險赴印度求法，再加上譯經弘法，堪稱古今傳奇，壁立千仞，誠非常人也。而後世大德追隨者，每一人都有其獨特的風姿，卓然毅立。高峰上無所謂「高處不勝寒」，只有當頭棒喝與獅子吼「直指本心，慧命相續」不孤單。逮及高山仰止的道人修行，以佛治心；一樣的長度，兩倍的光度；一端照亮自己，一端照亮眾生。如長空一輪秋月，自明其明，自淨其淨；安安靜靜在天上，自有映照揭示的深義，最有力量。凡此〈菩提心影〉等，三點透視，架開讀者小小心田，照見「菩提」種子，涓滴成河，流成一片汪

洋。讀者得由此拾級，探索佛法中的「源泉活水」，尋找更好的自己，讓心擁有「一輪秋月」，皎潔澄定，透亮自在，則是作者與讀者交會時難得的契機。

清俊囑我寫序，應是緣於我倆四十餘年「相見歡」之誼。一九八〇年，我北上考國研，始識他於臺師大本部男生宿舍。而後，讀碩班，雙雙共住分部研究生宿舍。碩三，我論文燃眉之急，特請他抽空，助一臂之力。後來攻博班，畢業後輾轉至北教大語創系任教。此際，他亦取得博士學位：山水有相逢，有幸成為同事，並為室友（當時研究室兩人一間）。其間合作撰稿「補強」大專國文，總策劃的陳滿銘教授，對他古典詩賞析，讚譽有加，以「分析得很有味道」稱之。逮及臺師大、北教大設立佛學研究獎學金，他與敏華是我神隊友，共襄盛舉。每年評審會議，飽飫高義，得以在佛法上切磋琢磨。至於我臺師大、北教大指導的研究生論文，他是長青的口考委員，讓研究生獲益良多。有時遇到人生困惑，他每每以「轉念啟安詳」勸之，實為我直諒多聞的益友。多年同事，他不慕榮利，曖曖內含光。我內人在臺師大開「世界名人智慧語」通識課，便安排他至班上演講，闡揚佛陀的警世智慧語，學生深受啟發。

對於俳句，我純屬外行，外行者只能「熱鬧」敘一愚之見。喜見每首俳句是一顆顆晶瑩水晶，驚鴻一瞥，照見文心與禪心交會時互放的清亮，珠圓玉轉。他們賢伉儷，多年虔誠學佛，長期茹素，參加禪七，並加入印儀佛教合唱團，我和內人

均有幸親臨聆聽。迄今共同經營臉書，共同合作出書，筆硯相親，琴瑟和鳴，誠為文壇美事與佳話。憶及清俊擅長賞析佛經、禪詩，期待他們來日有精采結集。

二〇二二年，我出版散文集《春荷青鄉》，他撰文致意，今投桃報李。大抵俳句出書，很少詩集像此書作品與賞析並行，留給讀者雙重的心靈饗宴。無可置疑，當代臺灣俳句自有長短有致的一方天地。期待在題材的擴大，如環保、教育、政治等議題入詩，也許未來可多加著墨，豐富俳句「最深的感性」與「最深的知性」密織的創作藝術。

（本文寫作期間，承蒙內人藹珠提供協助，特此致謝）

自序
俳句・生活的吟詠

敏華　清俊

寫作緣起

對我們而言，俳句是文學，也是生活。

一向喜歡俳句的簡約、精巧，蘊含禪趣。教職退休後，學佛修行、聽經聞法，生活日漸單純樸素，時間的腳步變得悠緩了。在因緣的觸動下，俳句書寫，成為我們平凡生活裡的雅事。

《俳句・組曲——生活的吟詠》這本詩集，是我們夫妻的共同創作。由於兩人平素經常溝通分享、交流意見，寫作時也就嘗試著一起合作。俳句創作，由敏華主筆，再由清俊補綴短文；不論俳句或短文，都有兩人共同參與的身影。

寫作的過程雖然時斷時續，回首前塵，多年的積累竟也記錄了不少生活的點滴；四季更迭、心情流轉、社會感懷，以及種種人間情緣，都留下雪泥鴻爪般的印記。在字斟句酌中，心靈逐漸被活化，走味的記憶清新了，平淡粗糙的日子，也提煉出幾分詩意與甘美。

俳句，成為我們退休生涯的親切友伴。

「五七五俳句」印象

　　由於兩人都有中文系的學習背景，熟悉中國古典詩歌，因此對「五七五俳句」的形式，感覺極為親切。短短三行十七字的俳句，比起古典詩中的絕句，還要簡潔；五七言交錯，相較於律絕，句法更顯得靈活，有著詞曲的參差意趣。在整齊的格式裡，充滿內斂、節制的氛圍，略帶「新古典」的韻致，可說是別具特色。

　　在眾多的文學類型中，俳句對語言文字的依賴程度，相對而言少了許多。它像修行者般具有含蓄、簡淨的風格，雖不似其他文類能讓人盡情揮灑、暢所欲言，卻飽含慧心靈思，散發著獨特的清光。

　　這一發源於日本的文體，當它移植到臺灣時，受到文化融合與文體相互滲透的影響，經歷了漫長的蛻變過程，也曾經沉寂一時。近年來，網路文學盛行，臺灣俳句似有再度興起之勢。

　　目前，詩壇上大力提倡的，主要有「五七五臺灣俳句菁英會」，已先後出版《五七五臺灣俳句精選集》四輯與《五七五臺灣俳句評賞集》；此外，「四海・文學雅舍」亦陸續出版《四海俳句選》、《四海俳句賞評集》等書。這幾本專輯，也曾收錄我們以筆名「德清」所發表的作品。

以上這些詩集的內容，除沿襲傳統俳句的寫景、詠物外，還包括生活感觸、人情世態等各種題材，相當豐富多元；在語言方面，更融入了白話語法，形塑出古典、現代交織的風格，頗能呼應時代的脈動。

「五七五俳句」在不斷嘗試中，逐漸地蛻變、開展，走出不同於日俳與漢俳的新風貌。

嘗試與探索

俳句的文字自然而又精鍊，所謂「淺語有致，淡語有味」，含蓄的詩情與意境，十分耐人尋味；無論書寫或閱讀，都很適合忙碌的現代人。只是，在資訊爆炸的時代，短短三行的俳句小詩，如果僅是匆匆一瞥，幾秒鐘的逗留，其實很難真正進入這個精美的藝術時空。

因此，我們在寫作時，試著以三首為一組的組詩形式，從不同面向來著墨，並加上百餘字的短文。藉由詩文的對話，一方面點出創作旨趣，另一方面也希望引領讀者作更多的停留，讓詩意在心中慢慢發酵，以便能進一步欣賞俳句之美。

無盡感恩

透過共同的書寫，我們學習了有效的溝通方式。為使作品更臻於精緻完善，放下自我堅持，彼此相互支援、補足，不僅深化了兩人的默契，也在靈性的修行上有所成長與助益。

一本書的誕生，有諸多的殊勝因緣。首先，十分感謝好友張春榮教授賢伉儷撥冗作序，對作品深入評析，宏觀與微觀兼備，富贍而細膩，為這本合著增添許多的光彩。其次，感恩親人、朋友的溫暖關懷，還有妹妹美珠的鼓勵出版，這些都成為滋潤寫作的心靈養分；而臉書文友的支持肯定，也讓我們有繼續創作的動力。

最後，感謝萬卷樓慨允出版，為這一段寫作歷程留下具體而美好的見證。

目次

第二輯　藝文雅興

第一輯

閒情偶記

閒居慢活

淨庵
簡素輕時尚
山居閒坐偶焚香
馨綠入禪房

古鋪
巷弄光陰藏
老街小鋪話滄桑
幽趣待尋訪

舞踊
盛妝麗影出
起手凝神慢移步
寂靜櫻花舞

退休後，從臺北城南搬遷到北投郊區。社區三面環山，景色清幽，居家生活簡樸而素淨。閒暇時，常到附近公園賞花聽鳥、健走散步；偶爾，在周遭巷弄穿梭，尋幽訪勝；也曾到不遠處的新北投觀賞〈琉球舞踊〉，靜美舞姿，侘寂禪趣，一洗心中塵垢，更覺得歲月悠緩。閒居慢活，逐漸尋回忙碌中被淡忘的自己。

綠窗剪影

雨窗
暮雨輕搖風
枝葉婆娑墨趣濃
詩意透簾櫳

傘花
花傘綴流蘇
手提餐點小橋渡
來去日當午

桂香
籬畔桂花香
拈取一枝秋色藏
脈脈染斜陽

家中禪房有一扇落地窗,面對著小公園,倚窗閒坐時,陰晴晨昏的景致,人情物態的姿采,都讓人觀之不盡。常見一位婦人撐著花傘,手拎餐盒走過公園小橋,傘下標籤如垂流蘇,一路搖晃相伴;也看過略帶風霜的臉龐,俯身嗅聞桂花香,笑臉染上了夕陽,帶有幾分幸福模樣。綠窗,是一幅流動的畫,記錄著生活與自然的豐富圖景。

拍攝：鄭敏華

枝葉婆娑墨趣濃　詩意透簾櫳

巷弄風光

長巷
春光猶未老
曲折靜巷人跡杳
牆頭花意鬧

閒談
笑語逐風長
三五促膝話家常
廊下漫茶香

晾曬
雨過天晴妍
紅綠被單晾庭前
迎風邀日憐

午後的巷弄總是格外安靜，只有牆頭的花，兀自開放；牆角的狗，打著小盹。傍晚時分，一些談笑喧嘩聲才又響起；淡淡花香中，飄浮著似有若無的茶香；天晴日麗時，還會看到各色被單，像萬國旗般迎風招展，令人莞爾。巷弄風光，是庶民生活的日常，也是在地文化最真實、親切的寫照。

與花有約

賞花
入寺滌塵垢
蜿蜒山徑賞櫻遊
紅霧隨春流

花藝
暗香盈靜室
剪裁春色兩三枝
淡筆寫新詩

邂逅
花蔓上籬牆
忽隱忽現探頭望
與風捉迷藏

近些年來，賞花幾乎已成全民運動；媒體的花訊報導，網路社群的分享，都讓賞花活動方興未艾。春天櫻花盛開時，紅霧瀰漫，帶來浪漫的遐想；裁剪花姿，插入瓶甕，滿室增添許多的美感和光彩。尋花、插花，期能與花照面相賞；偶然，和籬牆上的花蔓邂逅，不期之約，更覺美好。

拍攝：鄭敏華

紅霧隨春流 有暗香盈袖

淡宕春光

茶席
花季赴茶宴
茗香琴曲共呢喃
春日柳煙畔

弄影
喜迎小院風
沙白水淨漣漪動
山色隨波送

新綠
濛濛萬點綠
飛上枝頭捎季語
輕巧寫俳句

春天蘊藏著萌動的力量，呼喚我們踏青賞遊、品茗談藝，走出冬日漫長的禁錮。次第綻放的花朵，繽紛多彩；迎面滿眼的綠意，更展現蓬勃的生命力。淺淺新綠，透露著早春的訊息；漸次濃厚的翠碧山色，彷彿為小園的白沙敷上綠色光影。春神以大地為紙，綠意為筆墨，書寫了一首首清新的俳句。

晨間光景

迎曦
後山濃綠甦
羽球飛躍追晨霧
笑聲盈翠谷

露草
誰送水晶鑽
樹梢鳥雀探頭看
碧草鑲珠串

早茶
洗盞沏新茶
玉露凝香映朝霞
冷韻猶清雅

山谷從安靜的夢中醒來，空地上那些早起運動的人已陸續來到；
香功、太極拳、羽球，各式晨間運動紛紛出籠，可謂洋洋大觀。
曙光照破薄霧，草上綴著串串露珠，晶瑩剔透，那是大地送給早
起者的珍貴禮物。返家後，燒一壺水，沏盞新茶，猶如一種小小
儀式，在淡淡茶香中，新的一天才真正甦醒。

夏日午後

綠蔭
草綠天藍闊
林蔭深處鳥聲多
有好風停泊

午巷
風靜花光淡
悠悠長巷跫音慢
低迴午夢畔

納涼
榕樹下閒坐
邀來涼意聊傳說
上比羲皇國

夏日午後，暑氣籠罩大地，街頭巷尾顯得寧靜而空闊，彷彿進入朦朧的夢境。這時，公園中的老樹已撐起大型陽傘，邀來習習涼風，貯藏起一泓如水的清涼。閒居在家的長者，也三三兩兩來到榕樹下乘涼，手搖蒲扇，隨興暢談街坊傳說、人情世態；這樣的景象，彷彿又回到昔日純樸的鄉居生活情調。

拍攝：陳清俊

林蔭深處鳥聲多　有好風停泊

生活閒趣

尋幽
單車遊巷陌
笑語長歌追日落
幽處偶歇坐

午茶
茶湯玉色清
捲舒蓮瓣壺中靚
淡香褪俗情

書鋪
古樹晚庭秋
文學花圃任悠遊
訪勝忘去留

假日午後，時間走得特別悠緩，許多人騎著單車穿街走巷，到河濱公園隨興徜徉，迎著晚風追逐夕陽。回程，或許就順便到紀州庵文學森林參訪，書鋪雖然不大，卻有不少名家作品；悠遊於書香中，讓人樂而忘返。忙碌的現代生活，偶而放慢腳步，偷得浮生半日閒，才能聆聽內在的音聲，跟自我親切對話。

物趣偶得

　　麻雀
飛掠榕鬚間
拂動長條晃鞦韆
波光笑眨眼

　　松鼠
快閃小精靈
枝頭竄躍身玲瓏
捧食貌謙恭

　　蟲蟻
聽風尋落果
草地流連樂飲啄
綠蔭如天闊

公園裡，最常見的訪客莫過於麻雀了，時而成群結隊，上下翻飛
覓食；時而在榕樹間嬉戲，充滿蓬勃的朝氣。偶爾出現的小松
鼠，動作活潑靈巧，捧食的姿態，彷彿有一種對食物的敬重，可
愛又討喜。一座公園，就是小小的世界，樹下一隅，便是寬廣的
天地，有無數生命在其中活動、棲息，從出生，到老死。

拍攝：陳清俊

聽風尋落果　捧食貌謙恭

輕旅隨筆

春郊
水田數里晴
滿目秧苗新綠靜
堤岸野花迎

山路
迂迴山中路
煙嵐縹緲雲深處
疑有神人住

溪谷
雲淡風悠邈
野田谿谷接天遙
櫻紅偶相照

車過雪隧之後，眼界隨即開闊起來；天藍得有些奢侈，水田漠漠如鏡，青綠的禾苗迎風招搖，洗卻了陰霾心境。沿著山路前行，道旁櫻花不時照面，左側綿延的溪谷，山腰縹緲的雲嵐，將心牽引向白雲深處。旅行，可以很輕便；一張車票、一個簡單行囊、一個對的人，何妨就輕鬆上路。

山行聞籟

山徑
藤蔓綠苔徑
古樹參天濃蔭行
何處鳥幽鳴

梵唱
廟宇梵音清
聲聲如喚覺有情
山水樂傾聽

散步
日暮風微涼
草蟲低唱跫音響
山寺漸燈光

城市的喧囂令耳根感到疲憊，於是走向山林，尋覓一方清靜。悠遊於古木、苔徑間，鳥聲方才歇止，蟲鳴隨即生起；頗能感受到「鳥鳴山更幽」的意趣。跫音踏響了山中的寂靜，在旋生旋滅的音符裡，那浩瀚的寧靜如此深邃奧秘。沉吟之際，寺廟的晚課聲從遠方傳來，山寺的燈光不知何時已一一點上。

拍攝：鄭敏華

草蟲低唱惹音響 山寺漸燈光

油桐花祭

落花
撲簌隨風下
翩似白蝶醉芳華
瀟灑無牽掛

流螢
疑若銀河傾
星光閃爍沿溪行
點點心燈明

光雕
藍紫映橙黃
魔幻山林眩彩妝
誰更與爭亮

日前，與家人同遊苗栗三義，臺北雖仍輕寒，山城已經桐花處處。走在賞花秘徑，但見花樹一片雪白，繽紛開落，鋪成了花毯，讓八十多歲的老母親也重溫拾花之趣。夜晚，山林的光雕秀為旅遊抹上一層歡樂亮麗的色彩；賞螢，更是睽違已久的童年夢境。在溫暖的中部與花照面，充滿了驚喜與幸福感，真是不虛此行。

烏來行吟

尋瀑
日照溪山明
循流覓源幽澗行
響瀑飛虹影

吟唱
溪畔歌聲揚
飛瀑如霰漫清涼
合音共水長

新曲
泠然曲調新
同遊山水更沉吟
長憶繞樑音

曾經加入佛教合唱團一段時日，某次戶外教學，跟隨大眾一起到烏來內洞賞瀑。瀑布聲勢浩大，水氣瀰漫，大夥在溪邊即興演唱，歌聲伴著水聲，悠揚迴盪。忽然，一道彩虹映現水瀑間，眾人目睹這奇幻美景，都驚嘆不已。返家後，把這份印象與感動化為俳句，合唱團老師將它譜成〈山水吟〉一曲。文字轉換成音符，詩情與樂曲相互交融；心，也為之雀躍良久。

湖畔偶拾

攬勝
山色輕流淌
岸邊閒坐飲湖光
秘境尋幽芳

波光
風起漾微瀾
粼粼光影流金閃
群魚戲璀璨

賞鳥
橫幅視野開
白鳥低迴遊綠海
凝眸共去來

夏日時節，與家人前往山林渡假村小住。清幽的咖啡館面對開闊的湖景，可以飽覽湖光山色，水面上緩緩滑行的天鵝船，也成為閒賞的美麗風景。粼粼波光隨風漾動，水鴨、游魚和變幻的光影一起嬉戲，別饒意趣。白鳥翩然乍現，吸引大家的目光；它在湖面與樹海間，盤旋飛翔，引領我們看見秘境的幽美風光。

拍攝：鄭敏華

山色輕流淌　秘境尋幽芳

一種姿勢

佇立
窺探草深處
麻鷺凝神步踟躕
靜影如枯木

拉拒
奮力扭頭掙
人狗拔河相抗衡
決戰細韁繩

高臥
優雅窗臺坐
貓尾輕搖韻似波
學作貴妃臥

公園裡，麻鷺步履輕緩，那靜定的身影常引發人好奇的眼光；狗兒想掙脫主人手上韁繩任情奔跑的戲碼，天天都在上演。慵懶的貓咪總愛高臥窗臺，長尾輕輕擺搖，神態驕傲而優雅。每一種姿勢，都是生命歷程的小小切片，無論是尋覓、抗衡、或等待，在典型的姿勢裡，有著生命獨特的表情與精彩。

貓語三帖

睏眠

蝶飛春意鬧

獨臥青山萬事拋

遊客莫相擾

避靜

紛紛風雨過

遲遲春日欲何託

養心學靜坐

入夢

無視花開落

鳥語風聲任絮說

夢境雲天闊

翻閱昔日賞櫻舊照，一隻貓咪打盹的畫面，映入眼簾。想起當時在烏來山路旁，它蹲臥護欄上的安靜模樣，有如老僧入定，完全不受外境干擾，與那些熙來攘往的賞花群眾，相映成趣。如今，烏來幾經風災摧殘，又受到疫情影響，遊客驟減，盛況已不復當年，不免令人心生感慨。

遇見幸福

小歇
揮汗綠庭前
蒔花偶立桂香邊
一枚紅日懸

飲茶
品茗俗慮空
舉杯慢啜清氛共
幽韻沁茶盅

甜點
酸甜味蕾甦
婉轉舌尖華麗舞
迴旋小幸福

生活其實可以很簡單，小園一角、陽臺一隅，就能隨意栽種些花草、蔬菜；工作累了，擦擦汗，休息一會兒，身邊還有桂花飄香、夕陽相伴。勞動後，泡杯好茶，滋潤稍稍乾渴的身體，偶爾來些可口茶點，讓酸甜滋味，把各種感覺喚醒。好好工作，好好飲食，即使瑣事也都盡心；這份單純，是可以把握的幸福。

拍攝：鄭敏華

品茗俗慮空　幽韻沁茶盅

飲食滋味

粥品
濃醇麥浪香
熱粥堅果晨曦亮
活力迎陽光

家鄉味
情繫兒時家
滷味打開歡樂匣
記憶飄香辣

羹湯
珍菇玉膳羹
暖意微醺笑語盈
鮮美勝葷腥

近來養生觀念盛行，如何兼顧美味與健康是飲食的新風尚。素食多年，餐點的調理，也隨著時代理念而多所調整。早餐蔬食燕麥粥，搭配些許堅果，就為新的一天注入滿滿活力。偶而，準備一些滷味，作為清淡飲食的佐膳；當餐桌飄香時，常會想起童年時母親拿手的各式滷菜，味蕾的記憶，真是何其久遠。

解悶偏方

遊戲

方格藏宇宙

數字森林益智遊

巧悟解眉愁

排隊

人龍在曼衍

豔陽下瘦影如剪

枯萎了笑顏

敲打樂

熱浪聲奔湧

鼓槌飛舞響歡騰

螢光海躍動

為了活化腦力而接觸「數獨」遊戲，熟能生巧，每當難題破解時，便充滿喜悅與成就感。現代人熱衷於排隊美食，無畏人龍中的漫長等待；或許這也是暫離煩悶，獲取樂趣的小偏方吧！朋友兒子的敲打樂公演，現場氣氛熱絡，一時間忘卻了年齡，也跟著舞動螢光棒，與年輕孩子一起歡樂。生命，雖有煩惱、苦悶，總能找到自己的樂趣與出口。

拍攝：鄭敏華
方格藏宇宙　益智遊戲解眉愁

第二輯

藝文雅興

琴館尋幽

琴館
几榻伴琴坐
掛畫瓶花禪意多
塵俗盡掃落

天韻
隱隱漾虛空
曲音沖澹慢撥弄
樸韻自渾成

餘響
醉古心悠遊
偶得逸趣君知否
閒似雲出岫

春日午後，與友人參訪古琴館。推門而入，只見室內空間淡雅樸
素，充滿古意。館中女史為我們略作介紹後，隨手撫琴，低沉的
樂音緩緩流淌，倚榻閒坐，不禁悠然神往，心與琴俱。在瓶花淨
几的清氛中，賞琴聽曲，令人忘卻時光的流轉。半日徜徉，如隱
山林，如雲出岫，頗有遺世之樂。

拍攝：鄭敏華

掛畫瓶花禪意多　醉古心悠遊

聆賞古琴

古琴

橫几一抹琴
淨色玄衣涵古韻
深契道人心

諦聽

月色映庭樹
古屋雅音迴盪處
有唐詩暗渡

聞籟

水流雲捲舒
聲籟迢遙接太古
餘響漸蕭疏

古琴，色澤素淨，形製簡樸，常讓人聯想到山中的高人雅士。相
對於其他音樂的繁複，它沖淡自然，猶如水墨留白、唐詩餘韻，
在音符與音符間，留有許多可以迴旋玩味的空間。水流雲捲、詩
情畫趣，聆賞古琴之際，喚醒聽者悠遊不盡的心靈感受。

古琴寄懷

音籟

低迴聲若訴
淡宕空靈本色樸
虛室蒙薰沐

雅樂

幽微契道心
明月流水寄高韻
千載雅風存

琴歌

隨興悄吟哦
撫琴自唱熙怡樂
古調更宜歌

到琴館習琴，是退休後偶為的雅事。古琴低迴淡宕的音聲，含蓄
深沉，空靈素樸，不僅怡情養性，也能抒懷暢志；聽說它屬於道
人音樂，更覺得莊嚴美好。只是學琴期間，因練習過度，以致手
傷嚴重而無法續彈，習得的技法也逐漸淡忘。如今，只能透過聽
曲以解憂，不免望琴興嘆，何時再度撫琴自娛？

習琴憶往

照見

移步長几前
素淨琴身初照面
凝眸心儼然

初學

曲譜似天書
指尖遙向關山渡
跋涉荊棘路

琴癡

忍痛低眉彈
手傷勤練不疲厭
偏愛七絃禪

平素家居常聆聽古琴CD，讓恬淡、寧靜的樂音在室內迴盪，涵養性靈。憶起習琴的一段往事，依舊難以忘懷。記得初試琴曲，手指十分笨拙、艱澀，琴譜有如無字天書，難度甚高；經過不斷勤加習練後，才逐漸由生轉熟，突破瓶頸。習琴似參禪，酸甜苦澀的點滴滋味，唯有親自體會，方能知曉。

歲暮雅集

琴會
雅韻入林園
琴簫悠遠聲聲慢
情忘碧屯山

普庵曲
心與古僧遊
梵音清響誰參透
一曲解塵憂

餘音
切磋齊獻藝
風雲偶聚深相惜
浮光留印記

那年，琴館舉辦歲暮聚餐，隨著眾人來到大屯山下的「春餘園子」。林園清幽雅致，令人心曠神怡。餐會上有品香、茶道與琴簫等表演；應老師之邀，也上臺試彈〈普庵咒〉一曲。雖指法生澀，心境志忑，然不失為一次新鮮體驗。盛會匆匆，人間的遇合、清歡，轉眼間風流雲散，回首前塵，感觸不禁油然而生。

故宮攬勝

草書
行草逸姿橫
遊絲若舞欲飄風
筆墨驚雲龍

古玩
溫潤白瓷缽
帝王幾度細摩娑
物在人零落

遙思
綠映三希堂
琴箏清淺碧茶香
惆悵憶前皇

書法是中華文化極為特殊的一環，既是文字書寫，又有繪畫藝術的趣味。楷書端正謹嚴，隸書古樸遒勁，行草則變化多端，洋溢著行雲流水的律動。相對於此，陶瓷精品、玉石古玩，經過歲月淘洗，別具溫潤靜定的氣韻。飽覽書畫、清玩後，曾在三希堂品茗小歇；琴箏清淺如水，彷彿也在訴說著思古幽情。

拍攝：陳清俊

物在人零落　惆悵憶前皇

女性藝展

詠嘆

巧藝幾沉埋
墨香織錦今猶在
遙憐詠絮才

漢宮圖

繽紛倩影出
靜女優遊意態舒
春色自心知

閨怨

古畫藏芳蹤
循跡欲問深閨夢
唯聞輕嘆聲

日前參觀故宮「女性才藝展」，同時欣賞了仇英的橫幅長卷〈漢宮
春曉圖〉與精彩動畫。宮中女史的才藝生活，一派淡雅閒逸，頗
有賞玩不盡之感。古代女性在書法、繪畫、織繡等方面的作品，
都相當細緻傳神，清麗怡人，她們的才情之美，絲毫不遜於男
性；只是，在父權社會中備受忽視，流傳下來的作品並不多見，
不免令人惋惜。

拍攝：鄭敏華

繽紛倩影出　靜女優遊意態舒

畫展拾萃

貓月圖

嬋娟映水榭
柳垂湖岸魚戲葉
饞嘴貓撲月

豐收畫

果實纍纍多
滿樹鮮黃若閃爍
喜邀藍鵲啄

國寶魚

溪聲凝畫布
水光澄澈魚貫出
迤邐空中浮

多年前參觀北美館「臺灣風土魅力展」，由畫家林惺嶽先生親自導覽，有幸躬逢盛會，倍覺歡喜。賞畫後，一行人隨老師到「故事茶坊」聚餐，聽畫家暢憶平生；半日閒賞，滿載而歸，曾試著題寫俳句數帖以作紀念。如今，檢閱舊作，稍加刪訂，並略記昔日殊勝因緣。

觀藝偶得

墨趣
凝神慢運筆
揮毫速寫墨淋漓
滿紙風雲意

畫展
尺幅披素彩
淡染輕勻山水來
長留春色在

映像
深情寄攝影
璀璨瞬間化永恆
無處不仙境

觀賞書法家現場揮毫，最能感受到線條流動轉折與墨色淋漓的快意；山水小幅，總以淡淡的筆觸、色彩，描繪自然田園風光；而那一禎禎的相片，則將所見所感，用鏡頭生動的記錄下來。無論書法、繪畫或攝影，都屬於空間藝術，它們將時間經驗空間化，讓稍縱即逝的春色，長留人間。

畫中有詩

如日

悠然相對望
曉日光臨入畫框
和煦照心窗

似月

冉冉月娉婷
清影徘徊似有情
聽取無邊靜

若鏡

掛軸鏡面開
地廣天圓納異彩
虛室盈新白

無意間發現了一幅日式掛畫，為平淡的生活注入不少趣味。外方內圓的圖案，中間的圓心被湛藍底布襯托得極為出色。淺淺淡淡的色澤，印染著雅致的花唐草。懸掛在素壁上，相對而望，感覺有如曉日臨窗，月影徘徊；有時想像它是明鏡高懸，映照萬象。簡單的掛畫讓客廳敞亮起來，所謂「蓬蓽生輝」，或許就是這樣。

與美相遇

觀畫
童心遇米羅
色彩繽紛任捕捉
遨遊夢幻國

覽書
品讀茶藝書
茗香文墨暗相逐
與流光慢步

惜花
逝水悠悠去
岑寂枝上收殘雨
幾朵含春餘

打開心靈的眼睛，就會發現美以各種樣態召喚我們。史博館的米羅畫展，色彩繽紛，構思奇幻，洋溢著童心與童趣。閱覽茶書，不僅認識茶藝，欣賞花道、茶席之美，也忘懷了時間的流淌。春光漸老，枝頭上殘餘的小花，猶帶幾分春的餘韻，特別讓人憐惜。流連於美的國度，但覺身心輕悅，歲月靜好。

思古幽情

賞畫
心隨古畫入
與東坡泛舟對晤
聽歲月搖櫓

詠史
覽卷悲人禍
斑駁史冊烏雲鎖
有雨聲滴落

懷古
紅牆綠樹掩
孔廟行吟思聖賢
心緒接天遠

一冊史書、一卷古畫、或一處古蹟，往往蘊含著濃郁、深厚的文化氛圍。觀賞赤壁畫作，彷彿與蘇子同舟共遊，在搖櫓聲中，靜聽歲月流淌。史書中不絕如縷的天災人禍，千百年後回首，依然如暗雲遮蔽心頭。走訪古蹟，斑駁蒼老的空間景物，觸動撫今追昔的情懷。歷史，抹上了時間色彩，便散發著永恆的魅力。

拍攝：鄭敏華

孔廟行吟思聖賢 紅牆綠樹掩

古扇清趣

摺疊扇

攏束收乾坤
慢搖舒展挹清氛
風雅度晨昏

細竹扇

竹柄雕工細
墨色斑斕字古稀
開合暗香逸

山水扇

纖柔宣紙扇
微勻素抹雲山淡
波靜天光遠

扇子，連結許多風雅故事：羽扇綸巾的瀟灑，秋扇見捐的幽怨，都十分膾炙人口。手握摺扇，細緻的雕工糊著宣紙扇面，幾筆淡淡的山容水態，在開闔、搧搖之際，彷彿將心帶到遠方，與古人遙相接契。一把摺扇，為平凡的生活增添不少意趣，也讓人感動於工藝師傅製作時的虔敬與用心。

扇面題詠

夢蝶扇

莊生夢羽蝶

入扇尋幽芳影歇

何因不忍別

詩偈扇

閒搖來惠風

東坡偈語滌塵夢

山色水聲中

詠茶扇

利休茶道歌

侘寂清趣靜中得

一詩悟遇合

手邊收藏著幾把摺扇，有些扇面留白，以純素的面目與人相見；有些則繪圖、題詠，增添不少藝文美感。其中，題寫莊周夢蝶、東坡禪詩、利休茶道歌的扇面，風格尤為清雅；在欣賞筆墨之餘，特別喜愛內蘊的哲思理趣。紙扇一經詩畫點染，頓然化俗成雅；於是，實用的扇子，似乎也有了另一番生命與光彩。

俳句印象

溯源

遙契古扶桑

五七情韻接漢唐

獨吟本色香

本色

言簡意深遠

壺中天地自宏寬

日月山河轉

俳趣

慧心觀物趣

詩情幽境偶相遇

拈花入俳句

一首俳句，就是一朵花；花裡有書寫者的靈光乍現，還有心情感悟與分享。五七五俳句發源於日本，句法與漢唐的古典詩相近；當它流傳到臺灣，也逐漸開展出屬於自己的本土特色。不變的是，三行十七音節，語言淺近、意趣深遠；宛如小壺之中，涵容著無限寬廣的天地。

拍攝：鄭敏華

慧心觀物趣　獨吟本色香

沉吟凝思

寫作

芳菲採滿筐
等待詩心醞花釀
淡淡吐幽香

苦吟

冷霧困愁雲
乍閃靈光透墨痕
月色掃心塵

心曲

雨巷聽胡琴
宛轉低迴聲斷續
誰識曲中音

俳句，在有限的字句裡，既要表情達意，又須有詩情、詩境，存
在著一定的困難度與挑戰。為了將素樸生活釀出詩意，需要晴耕
雨織的努力；於是，古人那「馬上、枕上、廁上」的苦吟，竟也
成為生活的日常。「不惜歌者苦，但傷知音稀」，還好，臉書世界
裡尚有文友願意駐足聆聽；比起前人，我們又何其有幸！

筆墨因緣

耕耘
筆墨耕天地
栽花種柳闢荊棘
揮汗迎青碧

夜吟
尋詩覓句愁
剪裁夜色眉輕皺
月殘人影瘦

投稿
一去羈天涯
攀山渡水成牽掛
行腳落誰家

書寫，帶領我們體驗大千世界，在心靈的田野上栽種繽紛多彩的花卉。古人說：「借問別來太瘦生，總為從前作詩苦」，尋詩覓句，推敲琢磨，的確不是等閒易事。偶爾參與徵文投稿，雖說無求，不免還有幾分牽掛，只期待作品能找到合適的歸宿。筆墨因緣，不僅豐富了生活，也觸發我們對自心與世界的深刻探索。

素淨時光

詩書香
塵囂暫遠離
閒賞琴書訪客稀
綠景來詩意

菜根香
茹素自輕安
蔬食細品似參禪
淡泊滋味遠

薰法香
端坐誦佛經
合掌斂容人影清
一朵蓮花淨

一向喜愛樸素、清靜的感覺，退休後，深居簡出，生活更見單
純。在極簡生活裡，時而浮漾著幾許清香：有菜根的淡泊滋味、
詩書的綿長情韻、還有佛法精微深刻的奧義，這些都化為心靈養
分，滋潤著逐漸老去的生命。繁華落盡見真淳，素淨無染，更能
品嚐生活原味，與自己的本心照面。

拍攝：鄭敏華

塵囂暫遠離　一朵蓮花淨

拍攝：陳清俊

悠閒自在似參禪　淡泊滋味遠

第三輯

人間有情

故園憶往

山城

紅瓦綠樹圍
鳥雀嬉戲粉蝶飛
家在碧山陲

閒居

晴光搖翠竹
柴門掩映一窗綠
書房小佇足

芳鄰

山居遠世情
鄰人相訪話匣傾
夜靜草蟲鳴

年輕時首次購屋，尋尋覓覓後，終於落腳在新店郊區的「臺北小城」。社區依山建築，多為連棟住宅，庭前是小花園，樓上有賞月露臺，白牆紅瓦，綠樹圍繞，環境清幽宜人。對門鄰居同是學佛法友，彼此常相過訪；假日期間，即便夜已深沉，依舊品茗閒談，交換修行點滴。回首前塵，當時燈下夜話的氛圍，至今仍教人難忘。

返鄉散記

家聚
歡笑沐天倫
相偕素膳養慈心
滋味逐年深

踏青
緩步同遊賞
拾取鳥聲汲草香
低語綠光響

茶敘
午後飲閒暇
泡開回憶聊茶話
人似含笑花

每回返鄉小住，家人總會陪伴著我們吃素；就在蔬食餐廳的歡樂氣氛中，孩子們跑跑跳跳，轉眼間已長大成人。飯後到附近的公園散步，或在家裡圍坐泡茶，已成為溫馨的慣例。在茶香、歲月的發酵中，前塵往事多了一些不同的體會與滋味。品茗之意不在茶，而在親情交融；這樣的生活禪，似乎也別饒興味。

拍攝：陳清俊

歡笑沐天倫　午後飲閒暇

天倫舊事

娃娃鞋
棉鞋巧手縫
母愛護持學步童
蹣跚向彩虹

相簿
泛黃老照片
歌悲笑淚憶親顏
天倫舊夢遠

送別
碧水連阡陌
路遙相送溪橋過
蒼茫暮色落

記得童年常陪母親回鄉下，傍晚返家時，外婆一定沿路相送，依依不捨；蒼茫暮色中，那逐漸淡遠的身影，猶然佇立道旁，揮手作別。有一回，風狂雨驟，溪流暴漲如洪水奔騰。外公披蓑戴笠，冒險相送，直到全家安抵車站，他才放心離去。如今二老已經往生多年，翻看泛黃舊照，許多遺忘的記憶，悄然浮上心頭。

親情瑣憶

童年
街頭迎廟會
大手相攜小手隨
笑語依稀迴

母顏
話匣燦爛開
細說往事飛神采
滿座春風來

牽掛
導管引愁腸
晨昏牽繫亂心房
滴出痛與傷

童年時觀看迎神廟會，喜歡緊拉著大人的手，既興奮又怕在人群中走失。每當家族聚會，愛聊天的母親，話匣子一開便滔滔不絕，寡言的父親總在一旁安靜聆聽，偶而點頭微笑。母親曾因肝膿瘍住院，為她清理引流的導管時，深深感受到牽繫於心的傷痛；這些畫面縈繞心頭，不論悲喜，都成為人生豐厚、溫暖的回憶。

親人素描

茶癡
早起靜凝神
沏一壺晨曦啜飲
有暗香襲人

蓮影
清雅出塵泥
吐馥含芬花解語
心影見菩提

名嘴
乘興聊八卦
喚起風雲語勢誇
沫飛忙比劃

兄弟姊妹的成長背景雖然相近，個性嗜好卻有很大的不同。有的深居簡出，歡喜品茗靜坐、修行養生；有的樂善好施，喜愛與人結緣，分享豐富的生活資源；還有的善評時事，談笑風生，在口沫橫飛之際，帶來許多歡樂。無論價值觀如何，彼此間的感情凝聚，總是相互關懷，共度悲歡；手足情深，是心靈上恆久的依靠。

元宵記樂

湯圓

滾沸團圓樂
湯湧煙騰心裊娜
靜待月浮波

花燈

點亮紙燈籠
踏月呼朋尋彩夢
盞盞迎春紅

燈會

彩繪光雕繞
花燈搖影夜如潮
風裡逐歡笑

元宵佳節，各地的燈會爭奇鬥豔，繽紛上場。創意的造型、新穎的設計，融入光雕與科技，真是嘆為觀止。回想起童年的元宵夜，與家人圍在鍋爐邊，等待滾熱湯圓上桌的溫馨；還有提著燈籠，呼朋引伴，隨著嬉笑聲穿梭於街坊、巷弄的趣事。雖然時移事異，珍藏在回憶中的親情、友情，則永遠閃耀於心靈深處。

拍攝：鄭美珠

彩繪光雕繞　花燈搖影夜如潮

人間情緣

緣深
童年逝水流
相偕築夢共春秋
情在人長久

聚首
燈下喜團聚
欲問因緣深幾許
聽歲月低語

離愁
倚門長佇望
目隨人渺意蒼茫
殘照迴深巷

生命中，有些人與自己的因緣格外深切；親人之外，童年玩伴、
青少年的知交，學生時期的好友，都使人終身難忘。有機會重相
聚首時，打開話匣子就有說不完的趣事，彷彿又回到從前，忘了
歲月的滄桑。只是，相聚後的別離，讓人更為不捨，目送漸去漸
遠的身影，心中總有許多的喟嘆與眷戀。

拍攝：鄭敏華

殘照迴深巷 聽歲月低語

偶遇有感

偶遇
昔日正文青
歲華流逝最堪驚
兒女已亭亭

感懷
年少偶相知
攬月入懷興壯志
悄然銀髮織

嗟嘆
幾度滄桑改
幽蘭憔悴人瘦白
秋霜暮色寒

週末假期，在近郊漫步踏青，偶遇昔日學生，久別重逢，既欣喜也略帶感傷。想起不久前與友人相見，昔日高談闊論、滿懷理想的青年，而今已鬢髮斑白，平添許多滄桑。時間密換暗移，悄悄帶來人事的變遷，譜出許多光陰故事。「昔別君未婚，兒女忽成行」，杜甫詩中的心境，年輕時未能全然領會；霎時之間，竟清楚明白，攏上心頭。

友朋身影

藝友

揮筆邀天地
襟懷朗闊藝瑰奇
別具青雲意

韻友

歌聲輕裊繞
悠揚婉轉出塵囂
更比黃鶯巧

佛友

一帖清涼方
似飲醍醐心敞亮
菩提法味長

身邊某些友人才華洋溢，信筆揮灑之際，一幅幅清麗的水彩、油畫或山水圖卷，便呈現在眼前。也有朋友能歌善唱，聲音婉轉嘹亮如黃鶯出谷，令人忘卻塵俗的紛擾。當生活中碰到關卡時，佛友常以智慧點撥、提醒，在法雨的滋潤下，熱惱頓時消除，重獲清涼。人生道上，朋友的相互砥礪、支持，陪伴著我們成長，更帶來無限溫暖。

山中訪友

農趣
綠園欣向榮
野蔬花果晨昏弄
躬耕學老農

茶敘
山中訪翠庵
茶湯澹蕩晚霞染
傾談樂忘返

雅好
儒雅心清曠
恬靜好古喜詞章
典藏筆墨香

城市的生活緊張而忙碌，待久了常會興起回歸自然的渴望。周遭有不少朋友在郊區買一畝地，自建農舍，開墾荒蕪，體會躬耕田園的苦樂；也有朋友在山中構築小別墅，品茗、讀書、賞玩字畫，山居生活猶有文人的清雅。人在逐漸遠離自然後，成了漂泊都會的遊子；然而，山水的呼喚卻常在心底縈繞，似遙遠而親切。

拍攝：陳清俊

躬耕學老農　野蔬花果欣向榮

有情世間

老伴

為伊繫鞋帶
身影半蹲髮蒼白
情深忘老邁

惜緣

偶逢悄作東
如月有情長相送
宛然留古風

祝福

星空寄想望
同沐清輝島嶼上
織夢共倘佯

黃昏的街角，老先生蹲下身來幫病妻繫鞋帶，他們相互扶持的畫面，極為動人；小吃店裡，偶然巧遇的佛友，悄悄替自己結了帳，來不及言謝，人已走遠，留下美好的古風在心中迴響。成長的路上，許多友人也許久已失聯；不過，只要想到在這塊美麗的島嶼上，我們仍一起呼吸，感受人間的悲喜，生命依舊共同脈動，心中自有一份深深的感動與祝福。

深情記事

伴侶
歲月同悲歡
風煙裡共渡關山
笑看霞光暖

母親
常繫於一處
用眼神細心閱讀
成長的幅度

菩薩
俯聽塵世音
不忍人間多憾恨
慈顏有淚痕

夫妻攜手走過悲歡歲月，共同經歷現實的洗禮，在莫逆於心的眼神裡，充滿相知相守的溫馨。母親的眼光總是落在幼兒身上，細心呵護，陪伴他們的成長；而菩薩的聞聲救苦、憫念眾生，則撫慰了一切受傷的心靈。眼光所到之處，即是心光所照之處。在這些深情的凝視裡，各有不同的心情與生命故事。

拍攝：陳清俊

用眼神細心閱讀 成長的幅度

好久不見

健走

公園逐樂活
抖擻乘風步履闊
驚醒一池荷

寒暄

迎面喜相招
展舒眉宇眼波俏
花開滿樹梢

笑靨

溫柔輕綻放
一朵微笑棲心上
嫣紅映夕陽

住家附近有幾座小公園，晨間午後總聚集許多老少在這裡休閒、運動。有的昂首闊步，健走疾行；有的閒話家常，其樂融融。偶而也隨興前往，碰到熟悉的臉孔時，彼此一聲：「好久不見！」不禁滿心歡喜。簡單的對話，讓笑意在臉上漾開，雖沒有深入交往，但有緣照面，親切問候，這份溫馨便是人間的美好情緣。

心照不宣

默契
言語盡歇息
襟懷朗照有靈犀
情融忘距離

眼神
視線含溫度
和煦柔輝徐展舒
被微笑接住

會心
蓄一泓清池
月光盈滿正當時
天機默交織

一般而言，在人際溝通上，語言文字是主要的橋樑；然而，許多微妙的感悟與情懷，往往不是語言所能充分表達的。禪門中，世尊拈花、迦葉微笑，以心傳心的美麗公案，千古傳頌；莊子書裡，「相視而笑，莫逆於心」的故事，不待言語而心領神會，極為動人。淡淡的微笑裡，心與心直接照面，剎時，就超越了形體的隔閡；心有靈犀一點通，無言之言，意蘊最是綿長。

苦樂人生

打拼

不怕汗淋漓
肩扛重擔迎風雨
談笑憶孩提

磨難

幾度病來磨
揮去陰霾人灑落
天晴麗日多

陪伴

隻身回故里
孤燈陋室伴婆媳
明月映樊籬

人生是苦是樂，固然受外境影響，但是，更重要的還是心態。生活中常看到有些人，為家庭生計日曬雨淋，風雨裡仍洋溢著晴朗笑聲；有些人雖然飽受病苦折騰，但是活得清爽亮麗；還有人獨自返鄉照顧失智的婆婆，卻笑著說自己是在完成修行功課。選擇拋開怨懟、計較，保有愛和希望，生命就有陽光，也能帶給周遭的人光明與溫暖。

人物速寫

老守衛

面愁身佝僂
白髮櫛風為餬口
月寒孤影瘦

流浪漢

街隅任躺臥
衣衫襤褸人茫漠
鄉夢何寥落

視障師

雙手按摩忙
妙語連珠心不盲
笑裡有陽光

昔日居住的社區，有一位年歲大的保全，長年提著老舊公事包，遠道搭車來上班。薪資少、待遇差，鐵皮搭建的崗哨亭，冬日酷寒，夏天炎熱；為了生活，他總是風雨無阻，盡心盡力。在社會底層，仍有不少這樣的小人物，讓人同情，也讓人敬佩；他們示現人間的悲苦，喚醒我們珍惜平凡的幸福。

醫院見聞

候診

坐立愁雲繞
蹙眉凝目心焦躁
斜月天邊老

病房

無聲聖戰場
一縷呼吸繫病床
蒼白冬日陽

命運

扁舟誰擺渡
風襲浪湧任沉浮
孤寂穿夕霧

人過中年，對老病苦的體會就逐漸變得真切起來，進出醫院，也成為生活中的一部份。候診、等報告總是令人焦慮不安，徘徊的腳步承載著沉沉心事；若需要住院治療，那更是身心交瘁，生命彷彿就繫在病床的針管、點滴上。雖然，親友的關懷帶來不少心理支撐，但是病苦終究只能自己承受，必須獨自穿過那人生的暗霧……。

人生幽谷

老病

白髮掌中梳
糾結零亂見蕭疏
歲寒悲病苦

照護

瘦黃蒲柳身
肌膚如紙骨嶙峋
撫觸淚沾襟

哀思

冬去寒梅落
海濱寥廓長風過
拍岸浪寂寞

那年，母親生病住院，在病榻旁為她梳理頭髮，感到掌中白髮的稀疏零落，倍覺心酸；不久，父親也跟著住院，在他最後的那段日子裡，無法進食，瘦弱得只剩皮包骨，尤其讓人心疼落淚。母親痊癒出院後，姊弟們還可以略盡孝心；父親卻放下一切眷戀，離開了人世。無常紛然來襲，令人難以自持；幸有佛法相伴，始能走過悲傷的人生幽谷。

憂思悄悄

焚香
星淡月朦朧
裊裊輕煙上夜空
唯聞祝禱聲

告別
愁對秋霜葉
幕落曲終化羽蝶
人間空閃滅

追思
泊舟燈火熄
餘波漾動平生憶
江心淚未已

多年前，陪伴至親走完人間的最後旅程，內心很是糾結複雜。繁瑣、忙碌的告別式，暫時掩蓋住內心的悲傷。親友來了又去，禮堂搭了復卸，這一切都匆匆似夢；唯有誦經、祝禱聲，帶著虔誠禮敬的祈願和祝福，送親人遠行，飄往西方。生死別離，在悲慟中，更深切感受到世事如幻與人生的無常。

拍攝：鄭敏華

幕落曲終化羽蝶　愁對秋霜葉

冬天的事

IIIIIIIIIIIII

野鴿
冬陽下小憩
烘暖微寒的記憶
藍天收夢裡

頑皮狗
狂吠追松鼠
跌跤失控白忙碌
乞憐裝無辜

老犬
孱弱漸衰老
俯臥庭前斜陽照
主人輕撫抱

冬季裡，有陽光的日子顯得特別亮麗，令人珍惜。小動物都感受到空氣中的暖意，狗兒開心追逐奔躍的松鼠，活動活動筋骨，看起來調皮又傻氣；幾隻白鴿收起羽翼，在陽光下，安靜憩息，好像進入遙遠的夢鄉。棉紙行的主人，趁著天氣回暖，將孱弱的老狗抱到庭前曬太陽；那疼惜的眼神、輕撫的手勢裡，有著冬陽的無限溫暖。

狗兒心事

狗套

甩動緊箍咒
凝望野鴿羨自由
馳騁解煩憂

解繮

乘風奔復繞
綠茵翻滾盡嬉鬧
縱情任我嘯

玩伴

吠聲相問候
草花香裡樂纏鬥
力掃蝸居愁

週末假期，許多人在公園裡遛狗，有的牽著韁繩，與寵物亦步亦趨；有的放任狗兒四處奔跑。主人們以及小狗之間，常在短暫的接觸交會裡，展開各種互動模式，充滿了趣味。至於狗兒對主人，則常擺盪於順從或抗拒的兩端。不禁猜想：如果狗兒也能說話，或許會吶喊：解開繩索嘴套，還我自由！

第四輯

生活記事

城南重遊

新綠
老樹自軒昂
嫩葉迎風朝氣揚
載綠光飛翔

老街
午後浴斜陽
相約閒步舊街坊
古色藏幽香

滄桑
空階滿落葉
繁華笑語漸消歇
殘照更西斜

教職退休前，曾住在臺北古亭區一帶。城南的文風薈萃，師大、臺大等著名學府，皆薈聚於此。詩人余光中寓居的廈門街、爾雅出版社，都在附近；小說家王文興的故居，也翻修成紀州庵文學森林；牯嶺街舊書鋪，更是當年文人、學子尋書覓寶的樂園。舊地重遊，雖然老樹同樣蓊鬱，心境卻不免帶有幾分滄桑。

拍攝：鄭敏華

老樹自軒昂　古色藏幽香

歲月風華

老屋
曲巷慢行吟
綠樹蔥蘢古厝春
風清入客心

石橋
跫音疊印記
幾回明月照行跡
迢遙秋水碧

古松
細雨飛輕霧
涼風拂面塵不住
松葉凝清露

有些老屋因古蹟身分得到關照，它們代言著前人的生活智慧與建築藝術。石橋承載著行人往返的足迹，如果跫音像落葉，該會是多麼深厚的堆疊。老松不畏霜寒，歲時長青；雖在時間中，卻悠遊於歲月外，最是瀟灑。古屋、舊橋、老松，都見證了歲月滄桑，它們以空間存在，抗衡時間的侵蝕，散發出別樣的魅力。

光陰故事

鄉情

蕭瑟清秋雨
窗邊吟唱童謠曲
故園芳草綠

廟會

神轎舞蹁躚
鞭炮聲中憶童年
鑼鼓漸行遠

憶舊

青春綠制服
紅樓倚窗風伴讀
鐘聲長駐足

有時覺得故鄉、童年或青春歲月,彷彿是遙遠又模糊的夢境,幾乎已被遺忘而無從憶起了。然而,一首熟悉的童謠、一場偶遇的廟會、抑或是一個穿著學校制服的身影,就會觸動深藏於心底的思緒,引領我們乘著記憶的翅膀,穿越時空,回到從前。光陰的故事,總是在溫馨中,帶著淡淡的感傷。

拍攝：鄭敏華

紅樓倚窗風伴讀 鐘聲長駐足

年節習俗

守歲

圍爐話舊年
幾家煙火聲光遠
遙聽夜不眠

春聯

流金硃筆揮
桃符更換迎祥瑞
喜氣上門楣

爆竹

夜空綻異彩
響炮凌虛璀璨開
競與春同在

隨著時代的推移，農曆年節的氣氛逐漸變淡了；但是植根於文化血脈的民俗，仍未全然消褪。除夕夜，全家人圍爐團圓，守歲閒話，為一年畫下溫馨的句點，依舊讓人期待。迎春納福的對聯，在門楣上展現除舊布新的喜氣。爆竹煙火的響聲此起彼落，春回大地，祈願所有的邪穢之氣一掃而空，重見天地的清朗。

髮型三變

華年

秀髮逐風揚
心寄詩書翰墨香
青春正啟航

中年

淡妝雲髻挽
清瘦如菊倚杏壇
回首韶光遠

晚年

向晚人恬靜
花白短髮沐山風
心月伴佛經

女生的髮型樣式多變，一則呼應時代風尚，再者也反映個人的性格與審美需求。青春時期，一頭長髮飄逸，彷彿能讓煩惱隨風飄到九霄雲外；任教期間，喜歡挽起髮髻，保持婉約莊重的形象；退休後，將頭髮剪短，簡淨的風格或許更適合在家居士身份。在髮型的變換裡，也烙印著生命成長的軌跡。

家居瑣記

理髮

蓬頭似草覆
鳥欲築巢風亂梳
剪裁山水出

染髮

髮白秋色侵
擬將墨彩染霜鬢
偷得一點春

失眠

輾轉心熬煎
且託佛號邀睡眠
曉月落窗前

現實生活有許多瑣碎的事必須面對，很難長保如詩的心情。蓬頭亂髮需要打理，鬢髮如霜也得美化，還有那想睡卻無法入眠的問題。用些心思加以修飾，或許可喚回一點「春」的想像；然而，生理時鐘失序卻很難真正調整。老化，雖有些無奈，但也能藉此看清生命的實相，慢慢學會如何去隨順因緣。

拍攝：鄭敏華

輾轉心熬煎 曉月落窗前

另類戰場

IIIIIIIIIIII

洗牙
水刀激戰深
雷行掃蕩牙斑菌
淋漓去垢痕

流感
身寒心禁錮
免疫殘兵抗病毒
困迷十里霧

胃疾
蜷臥渡長夜
揪心隱痛手溫貼
無語對窗月

教職退休後，事業的挑戰停歇了；生活中卻還有許多必須面對的
課題。無論是身體保健或疾病調養，都是難以迴避的另類戰役。
牙菌斑造成的牙疼、流感帶來的虛弱不適、還有胃痛導致長夜難
眠，都成為揮之不去的夢魘。然而，佛家說：知苦入道，所謂「三
分病，好修行」，或許這也是病苦中最好的寬慰與期勉。

不速之客

駭客

簷下匿蜂窩
青綠陽臺隱刺客
心驚冷汗多

迷途

何事叩窗扉
盤旋探問徒勞瘁
山風喚早歸

隱憂

冉冉愁雲起
花朵香消鳥不啼
溽暑籠秋意

住家面臨小公園，常有各種昆蟲不時到訪。前些日子，忽見蜜蜂
在陽臺盤旋飛舞，久久不去。抬眼一望，驚訝地發現屋簷角落有
個蜂巢，三五隻蜜蜂匍匐其上，大如蟑螂，形狀可怖，讓人望而
生畏。雖想和它們和平共存，然出入之際，不免忐忑，悠閒的心
境蕩然無存。祈願它們早些返回自然，還我居家進出的自在。

裝潢小記

修繕

屋宇飾妝容
粉屑飄飛騰月宮
驚動嫦娥夢

工程

寧靜紛紛破
噪音電鑽頻穿梭
花窗日影落

竣工

回首路迢迤
幾重山水忘行跡
迎向新天地

房屋裝潢可說是一件惱人的大工程，從尋找設計師開始，就不知要經過多少討論、折衝與妥協。開工後，到現場關照時，瀰漫的粉塵、噪音，以及各式材料的凌亂和工程延宕，都會讓心緒波動不已。不過，當工程圓滿後，房屋以嶄新姿態與人相見，剎那間便忘卻了過程的艱辛，留下的是難以形容的雀躍與歡欣。

生之凝視

叩問

生命寫孤本
是誰鐫刻了淚痕
把憂傷拓印

人生

辛辣勝洋蔥
層層剝盡總歸空
唯留淚眼同

紅塵

無盡的時空
季節色彩暗流動
映悲喜面容

人間是無盡的時空畫卷，映現著時代與個人生命的流動；正如四
季的不同風景，畫布上也塗滿了各種心情色彩。每個人都是唯一
且無法複製的孤本，書卷上鐫刻著笑聲、淚痕。充滿悲喜的人
生，飽滿而豐富，但在回首之際，也會有世事如幻的迷茫。生命
如此繁複，豈是微淺的智慧所能解答。

拍攝：黃志明

生命寫孤本　是誰鐫刻了淚痕

紅塵易老

塵勞

逐物日奔勞
霜風剪卻歡顏少
皺紋秋裡老

考驗

世事棋局驚
幻雲難測籠陰影
雨霽天尤青

迷航

碧波煙水寒
幾回欲渡迷津岸
惡浪誤歸帆

人活著，彷彿就落入奔忙追逐的宿命裡，從生到死，無有歇止的時候。東坡曾嘆：「長恨此身非我有，何時忘卻營營」，這深沉的感慨，是從心底發出的吶喊。在追尋過程中，還有許多難以預料的關卡等著我們，得失、毀譽都是真切而嚴酷的考驗。紅塵滾滾，不只讓人憔悴，也容易遮蔽視野，誤了生命的真正歸宿。

生命巡禮

劫

無端苦楚逼

掙扎困境汗淋漓

一命游絲繫

新生

破繭出長夜

脫去蛹衣見彩蝶

翩翩隨日月

恩典

呼吸納妙香

日落月昇秘意藏

飲水味芬芳

花開花謝、日昇月落，在自然的循環裡，含藏著宇宙創生的奧
秘；即便是渺小的生命，也分享了這份生機與喜悅。佛說：「人身
難得」，又說：「人命在呼吸間」；經過了生命的辛苦折騰，活著，
能自在呼吸、感知情意，就是一種恩典。若能深深體會人生的難
得、短暫，在尋常飲水之中，也能品出恬淡的美好滋味。

拍攝：鄭敏華

脫去蛹衣見彩蝶　破繭出長夜

記憶之河

心河
粼粼波滉漾
影塵心念泛幽光
隨歲月流淌

暗流
意識如川流
翻騰往事亂心舟
不堪更載愁

回憶
苦澀青春淚
時間細火慢烘焙
只留醇郁味

心識是一條流動的河，河面上波光粼粼，風景無限；河底則有砂石泥垢、異物沉積。水中，夾雜著河岸倒映的落謝影像，也有從河底翻湧而上的生命記憶。往事，並沒有真正過去，有時，它成為心舟上「不可承受的輕」；而有時，在歲月的釀製與烘焙後，卻留下了甘美的風味。

心海微瀾

滲漏

水漬染白壁
霉斑汙垢緣一隙
無邊困擾滴

愁雲

何事滋煩惱
心靈被推往地窖
陽光也遁逃

風浪

碧海暮蒼茫
風生水湧千層浪
穩舵不迷航

娑婆世界本來就是苦樂參半的「堪忍世間」，總有許多憂悲苦惱，
紛至沓來，讓心海波盪不已。不論是居家環境的困擾，人際關係
的糾葛，或是身心的失調、挫折，都會遮蔽明媚的陽光，帶來種
種情緒風暴。人間的不如意事，十常八九，只有接受生命的有限
與不完美，才能讓我們渡過人生的大小風浪。

心情抒寫

陰霾
寒意鎖天地
日月灰濛雲靄低
心扉落雪棲

等待
以深心灌溉
在長夜守候期待
等一朵花開

夜思
划月舟出航
垂釣星河溯流光
汲亙古清涼

疫情持續升溫，各地災病方興未艾，天空籠罩在灰濛濛的雲霧裡；確診與死亡人數，令人惶恐、悽惻。全民期待疫苗早日到來，築起完密的防護網，儘快走過黑暗期，讓臉上重新綻放亮麗花朵。宅居斗室內，仰望天上明月，心也隨著流光，懷想起那無憂無病的清涼世界。

拍攝：陳清俊

在長夜守候期待 等一朵花開

生活映像

對鏡
昔日青絲鬢
幾回寒暑暗推移
愀然華髮稀

望月
冷月笛聲瘦
遙盼紅塵戰鼓收
消解萬家愁

倒影
誰撩動水紋
湖面上漣漪不盡
拂亂岸邊春

人生的憂患總是無止無休。攬鏡自照，花白的鬢髮喚起年華漸老、青春已逝的無奈。放眼家國天下，又見災疫頻仍、臺海緊張、俄烏戰爭等亂象，紛紛擾擾。「天下本無事，庸人自擾之」，如果緊跟著外界起舞，永遠難有寧靜之日；若能體會生命可貴，善盡自己的本分，在天地間俯仰無愧，或許才是安身立命之道。

世紀災難

防疫
病毒駭客侵
有請鍾馗送瘟神
全力守關津

口罩
遮面隱神采
笑容凋謝心蒼白
人在距離外

困境
愁城飛冷霧
店家寥落困窮途
長嘆欲誰訴

新冠病毒肆虐全球，不僅帶來數百萬人的死亡，也對世界貿易、經濟，乃至日常生活，造成巨大的衝擊與創傷。長時間的封鎖、警戒，令觀光餐飲運輸等產業瀕臨困境；口罩與社交距離，也讓人際少了溫暖，多了疑慮。這場世紀災難是對現代文明的總體檢，考驗醫療體系和政府的應變能力，也考驗著人心與智慧。

緊急救援

急診

尖銳馳鳴聲
劃出一路的驚恐
悲情在湧動

救火

濃霧促心慌
警笛呼嘯驚街巷
入出水火忙

快遞

與時間競賽
車陣裡飛馳去來
只運送期待

疫情升溫，全臺已進入三級警戒狀態，宅居在家，不時會聽到救護車呼嘯而過的聲音，劃破了長空的寧靜，喚起心底對疫情的各種想像。社區用電超載，地下室配電箱起火燃燒，濃煙瀰漫；消防車趕來救火，居民的臉上寫滿不安與驚恐。深居簡出的生活中，似乎只有滿載貨品的物流車，為苦悶生活帶來些許的期盼。

拍攝：鄭敏華

與時間競賽 只運送期待

疫情之夏

新晴

雨餘含翠芳

洗滌塵染留清響

林樹試新妝

花樹

暖薰五月風

淺黃花絮微光動

扶搖上碧空

童心

跟白鴿對話

夢想起飛逐彩霞

笑聲迴仲夏

漫長的防疫之路，不僅讓生活縮限在狹隘空間，心靈也受到無形
的禁錮。雨後初晴，難得走出家門，但見滿眼青翠，草木彷彿從
沉鬱中甦醒，正試著新妝。光蠟樹挺拔迎空，綻放一簇簇淺淡黃
花，點起滿樹光明，薰暖五月的季風。笑聲迴盪，白鴿飛起，疫
情之後，特別想珍藏赤子的純真無憂，在微潮的夏日午後。

浮世觀察

網購

蝸居斗室坐
奇珍異貨任搜羅
指尖天地闊

手遊

雲端忙熱線
情奔虛擬大觀園
你淡出人間

追劇

緊盯小視窗
低頭不語深情望
凝定如雕像

科技文明帶來許多便利，宅在家中，只要打開銀幕，敲敲鍵盤，
無論美食名產、生活百貨，都可盡情搜羅。捷運車廂裡，人手一
機，低頭專注於追劇、手遊的安靜身影，宛如一座座雕像，形成
另類風景。電腦、手機、上網改變了現代社會的生活型態與人際
關係，在頻繁的網際互動裡，我們和世界的連結看似緊密，也更
疏離。

小巷風波

驚變
綠園雅舍低
清幽小巷桃源裡
隱然風暴起

抗爭
淚語向天訴
白布高懸書憤怒
獵獵淒風拂

餘波
日落餘暉斜
賦歸群鳥恐難歇
繞樹啼聲咽

居家附近有一別墅社區，座落於丹鳳山下，巷道清幽，滿眼綠意，宛如世外桃源。近日赫然發現居民懸掛白布條抗爭，充滿憤懣無奈之情。其中幾棟建築已經拆除，正整地開挖，準備興建高樓華廈。想起當年居住新店郊區，也曾因建商擬在山城空地蓋大樓，而隨著遊行隊伍抗議。看到白布條在風中獵獵作響，勾起許多回憶；為維護幸福家園努力，心有戚戚焉！

城市一瞥

光牆
人車聲響透
高樓聳映碧空秋
雲朵偶停留

101夕照
彩妝金縷衣
艷光四射驚雲霓
麗景何瑰奇

捷運
來去御飆風
穿梭地景忙追夢
靈動似遊龍

佇立臺北街頭，高樓的玻璃牆上，天光雲影徘徊，彷彿也想在繁華中駐足、逗留。遠處的101大樓鶴立雞群，顧盼自得，夕陽霞光為它披上燦爛的金縷衣，絢麗而瑰奇，看著這文明與大自然的一時交會，不免感到驚喜。四通八達的捷運網絡，只要一張悠遊卡，便能隨意往來城鄉，化身為都會遊龍。臺北，自有它獨特的風華與魅力。

臺北漫步

街景

尋暖陽移步
巷弄裡逐一細讀
城市美學書

櫥窗

任腳印停泊
光影微醺詩意拓
琳琅物趣多

燈海

夜色輕發酵
一方璀璨漸燃燒
光宴迎喧笑

外甥女從美國回來渡假，耶誕節前夕妹妹帶她北上小住；經年不見，想好好陪她們，於是相聚於臺北東區，一起享用美食，暢談生活點滴。繁華的都會，久違了！陪著她們漫步大街小巷，在迂迴的巷弄間穿梭徜徉，地景櫥窗、個性小鋪，還有繽紛眩目的燈飾，都帶來不少新奇與歡喜；而寒冬裡的親情暖流，更讓人備感溫馨。

拍攝：鄭敏華

任腳印停泊 細讀城市美學書

第五輯

自然風物

風留行跡

水紋

風過不聲張
蓮步輕移渡小塘
水面題詩忙

垂柳

綠柳垂青衣
柔條似水輕搖曳
款款留風迹

浮雲

孤雲橫渡口
蒼茫水碧無須愁
有風共與遊

「風乍起，吹皺一池春水」；水光浮動，漣漪滉漾，織就一幅幅瑰
麗的圖景。雖說「落花水面皆文章」，然而，一切的繁華與美好之
物，總是旋生旋滅，宛若水面題詩一般，欲覓無處。弱柳隨風飄
拂、孤雲飄過渡頭，也都如水上的波紋，揉合著美麗與惆悵。

拍攝：陳清俊

水面題詩忙　款款留風迹

雨的旋律

春雨

簾外雨朦朧
潤物幽微草木萌
生機隱隱動

雷雨

閃電聲霹靂
山靄繚白水瀑急
小樓深霧裡

冬雨

長巷貓叫聲
在冬夜被雨淋濕
浸透了小屋

不同時節的雨，各有特殊相貌。春雨霏微，霑衣欲濕，默默滋養著萬物；夏日午後，大雨滂沱，閃電打雷，聲勢十分驚人；冬夜的雨巷，斷續傳來流浪貓的叫聲，哀鳴聲裡帶著濕淋淋的寒意，倍覺淒清。雨聲的交響變化多端，有時細膩柔緩，有時奔放壯闊，更有眾多音響的伴奏，是一場場豐富的聽覺饗宴。

浮光掠影

石牆
婆娑光影駐
苔痕幾度風霜覆
歲月正蹣跚

橫幅
花牆疏影斜
晴光信筆輕揮灑
半幅水墨畫

積水
邀白雲入鏡
天光綠樹交相映
蝶飛偶留影

陽光下，古老的石牆已然斑駁，苔痕刻鏤著時間的風霜；映照在
牆面的花影，搖曳生姿，宛如半幅水墨畫，召喚著行人留步欣
賞。昨夜的宿雨，在牆角留下一泓清池，它是大自然的攝影師，
為翩翩彩蝶，捕捉霎時飛舞的倩影。光影推移，伴隨時間的腳
步，在真與幻之間，演繹著剎那與永恆的辯證理趣。

拍攝：陳清俊

婆娑光影駐　苔痕幾度風霜覆

老樹開花

阿勃勒
滿樹黃金霧
花似燈籠迎日暮
為回憶引路

鳳凰木
簇簇爭紅豔
奏響驪歌六月天
共蟬聲一片

白千層
皺紋深幾重
梢頭依舊白花萌
老樹青春夢

經歷了歲月風霜，老樹淬煉得更加挺拔蒼勁；花開時，一簇簇綴
滿枝頭，與蒼老的樹幹相映成趣。金黃的阿勃勒，有如串串燈
籠，喚醒許多人的校園記憶；鳳凰花的火紅淒豔，總是和蟬鳴、
驪歌結下不解之緣；至於路旁的白千層，開花時節，點點的白花
宛如滿天星，常讓行人佇足良久，不忍離去。

花姿倩影

幽蘭
空谷透清氛
秀逸花光映古今
山水韞香魂

桐花
白雪細紛飛
五月碧山妝為誰
落日也低迴

紫薇
紫氣王者姿
花顏獨佔最高枝
俯看眾芳蕪

幽蘭生於深林，自開自謝，默默吐香，不因無人欣賞而不芳；這份香潔孕育於山川靈氣，它的清氛也薰染了整個山谷。雖說「草木有本心，何求美人折」，〈幽蘭〉這首俳句卻蒙懷鷹老師專文賞析，榮燁兄也將它與畫家林秀山〈蘭石圖〉一起分享。本無所求，竟得到諸多迴響，是蘭之幸，也是詩之幸。

花顏似鶴

初綻
臨風數朵開
清影綽約似鶴來
隱隱仙姿白

花光
細聽花語響
闃寂牆角藏幽光
春色自迴盪

姿影
昂首若長鳴
脈脈枝頭霜羽靜
棲處暗香凝

巷底有幾盆小花，形狀像極了白鶴，微風拂動，宛如凌空飛翔的仙鶴。偶然看到臉友分享，才知它有一個美麗的名字：白鶴靈芝，更覺歡喜。日前回臺中，赫然發現牆角竟有一叢白鶴靈芝，媽媽說那是父親生前種的。白鶴安靜地棲息枝頭，欲去還留，彷彿父親清逸的身影；真沒想到，這麼多年後，我才與花相遇。

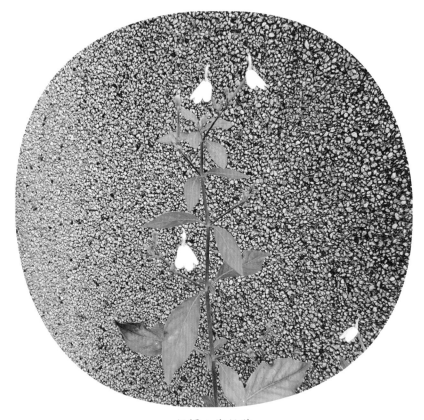

拍攝：鄭敏華

隱隱仙姿白　昂首若長鳴

苦楝花季

紫夢
淡紫輕煙籠
花香幽隱風拂動
有夢羽蝶同

留春
回首更踟躕
迷濛花影春留步
人間共賞讀

苦戀
高樹群鳥戀
芳蕊獨鍾三月天
寫一地思念

池塘邊有三兩株苦楝，花開的季節，只要經過都不免踟躕流連、仰望欣賞。迷濛如煙的花影輕籠枝頭，像一片紫色的夢，吸引不少人尋芳而來；似有若無的花香隨風飄蕩，觸動內心深處曾有的美麗想望。隨著歲月流逝，年輕時的夢雖已泛黃，並未真正消散；輕輕淺淺的紫霧裡，浮漾著賞花人對世間的幾許深情。

花事未已

木棉花
綠意梢頭淡
紅焰幾枝春點燃
群芳爭仰看

花簷下
日靜風鈴響
輕音漾動滿園香
映牆花影長

鳳凰花
穠艷依依處
花事未央難謝幕
已涼初秋日

四季都有不同的花卉，隨著時序綻放，為季節妝點出繽紛的色彩。春末的木棉、夏日的鳳凰，顏色最是紅豔，似乎充滿了熱切的情意；即使花季已過，總有三兩株持續綻放，訴說著對人間的眷戀不捨。然而，最多情的還是園中一些不知名的花草，在群芳凋零時，仍然溫馨相伴，默默散發著宜人的芬芳。

拍攝：鄭敏華

映牆花影長　漾動滿園香

美景拾遺

紫藤
藤花撲眼目
粉蝶棚下日穿拂
與芬馨漫步

九重葛
牆頭迤邐開
老屋瓦厝春猶在
艷色驚客懷

樟樹
葉脈凝青綠
雨霑枝幹風徐徐
分明含墨趣

日常生活中，偶而會發現一些平素未曾注意過的美景。巷角老屋
的牆頭，九重葛開得花團錦簇，艷光照人；小園棚架上，紫藤花
纍纍垂掛，空氣裡浮蕩著隱隱花香；陣雨過後，街道的樟樹洗得
更見青翠，樹幹黝黑得彷彿吸飽墨汁，凡此無不令人驚嘆。的
確，美無處不在，缺少的只是欣賞的一份閒情。

園庭一隅

花語
窗前小百合
晨風裡獨奏清歌
泠然意自得

盆栽
草綠庭石靜
古柏蒼勁花光映
日暮橫疏影

石蓮
緣何高處歇
閒倚花簷邀日月
無意蜂與蝶

小園以桂花作圍籬，植滿了韓國草，鋪上幾塊潔白的石頭，簡淨
優美；落地窗前擺放古柏盆栽，雖不是花光燦爛，卻也滿眼綠
意。夕陽映照時，古柏清影橫斜，頗得幾分禪意。窗臺的野百合
迎風搖曳，彷彿吹奏著小喇叭；花簷上的石蓮，不知何時已肥碩
如掌，孤芳自賞的意態濃厚。園中花木雖不多，細心觀照，竟自
樂趣無窮。

公園即景

紅橋

橋跨碧湖西
舊時風月京都意
艷色猶依稀

蓮池

小塘幽趣濃
紅蓮盞盞隨波動
曲水流古風

蟬鳴

滿樹蟬爭鳴
來如海嘯齊奔競
一歇天地清

公園的景觀設計是一門精深藝術，既要符合大眾的審美需求，又
要具有獨到特色。臺灣稍具歷史的公園，有些還保存著日式風
格，石燈紅橋，京都風韻宛然；有些則模仿中國古典園林，幽徑
迴廊，曲水流觴。然而，無論何種風格，總有綠樹成蔭處；坐在
林蔭的石凳上，浮想聯翩，思緒也如蟬聲起落，時而澎湃，時而
清寧。

生命姿采

雙燕

玄羽雙棲燕
枝頭共話輕呢喃
風月遙相羨

水鳥

凝觀水一方
獨立岸邊思遠颺
斂羽待翱翔

五色鳥

高枝隱翠翎
長短鏡頭樹下迎
振翮驚艷影

枝頭雙燕，細語呢喃，彷彿有說不完的情話；水鳥在岸邊凝神遠望，孤獨的身影，有種蓄勢待發的力量。大樹底下，長短鏡頭苦苦守候的，是五色鳥那「驚鴻一瞥」的瞬間精采。禽鳥的毛羽美觀，鳴聲悅耳；賞鳥，觀賞它們活潑靈巧的神態之餘，更感動的是生命多姿多采的樣態。

拍攝：鄭敏華

獨立岸邊思遠颺　凝觀水一方

四月高音

獨唱

微風四月天
高樹獨棲聲不變
清韻透人間

念佛鳥

綠羽赭紅抹
鼓腹振舌渾忘我
殷殷勸念佛

佳音

轉唱百千回
深情呼喚無疲累
山巔更水湄

四月的天空，浮雲淡淡，微風徐徐，在輕淺綠意中總會聽到「念佛」的音聲，不知究竟來自何方？幾經尋覓，才發現是高枝上小綠鳥的啼聲。原來，人間四月，是它念佛的季節與舞臺；張口調舌、盡情高唱，彷彿在宣揚法音，無有疲厭。可是，母親聽到它的啼聲時卻說：「怎麼一直叫外婆、外婆」，不禁令人莞爾！心識的不同引發了各異其趣的想法，所謂「萬法唯心造」，誠然。

轉瞬之際

晨露

曉凝長夜靜
點亮晨曦聽鳥鳴
融為草色青

棲鳥

枝頭暫佇足
綠光牽引風開路
展翅破虛無

新芽

吐納幾分春
初萌嫩葉脫冬困
轉眼綠成蔭

草上的露珠在晨曦中顯得晶亮渾圓，彷彿是它喚醒了日出；然
而，當陽光高照時，便已蒸騰消逝，徒留草色青青。枝頭的小鳥
隨風擺搖，意態自得；倏忽間便展翅高飛，破空而去，再也難以
尋覓它的蹤跡。樹梢上的新芽，還剛昭示著春回大地的訊息，誰
知，轉瞬之際就蔚為一片綠蔭。四季更迭循環，在時間的推蕩
下，物象瞬息不停地流轉，沒有真正靜止的片刻。

夏日組曲

夏雨
酷暑炎陽照
花木垂頭百草焦
沐雨山含笑

蟲吟
四野蟲聲起
鄉村夜曲正唧唧
譜寫瘦金體

蛙鼓
傾耳聽蛙唱
聲隨月色滿穹蒼
化作繁星亮

長夏炙熱，白天艷陽高照，花草都垂下頭來，似乎在祈禱雨水的
降臨，為大地帶來一絲清涼。入夜後，暑氣漸散，郊區草地上的
各種小生命開始活躍，為寧靜的夜晚注入幾許喧鬧。蟲聲唧唧，
細長而金亮，有如宋徽宗的瘦金體；青蛙盡情高唱，宣洩白日的
焦躁，蛙鼓響亮，直上夜空，滿天的星斗，也都被它們叫醒了。

拍攝：陳清俊

傾耳聽蛙鳴　沐雨山含笑

颱風季節

////////////

水患

滂沱雨淚漫

城市漂浮著水聲

天地擰不乾

風災

嘯吼雲山晦

風刀掃射樹崩摧

心旌搖欲墜

猛浪

長浪撲岩礁

翻湧千疊滾雪濤

海潮說秘奧

夏季裡的颱風，是從小陪伴我們成長的共同記憶。狂風暴雨來襲，守著電視，關心風災訊息；在停電時，點蠟燭、吃泡麵的印象，都教人難以忘懷。近年來，氣候急遽變化，土石流、淹水的災情已經遠比風吹樹倒來得嚴重。在颱風的推盪下，海邊長浪奔騰翻湧，彷彿在告訴我們有關海洋、天候以及大自然的力量與奧秘。

節候失序

梅雨
黃梅帶雨來
喧騰奔瀉水門開
乾坤一片白

冰雹
誤闖小山城
跌落綠園花草驚
長夏遇寒冰

酷暑
熱浪襲人間
烘爐大地烤甜點
柏油瑞士捲

地球暖化，氣候變遷，有時久旱不雨，有時又暴雨成災，極端冷熱的天氣，或突如其來的夏日冰雹，常讓人措手不及，也無所適從。暑熱難消，就在心浮氣躁之際，忽然瞥見媒體報導：「熱浪襲臺，柏油路面宛如瑞士捲」，極妙的創意想像，一掃心頭鬱悶。幽默，是對不如意事的最好反擊。

晚霞月色

彩霞

霞天如浴火
流金彩繪無邊闊
鳥啁紅日落

月暈

虹影漸朦朧
冉冉玉環渡夜空
相伴有清風

皓月

悠緩上東山
華光朗照耀塵寰
更憐陌巷寒

絢爛如流金的彩霞，時而朦朧、時而皎潔的月色，都是大自然美
麗的邀約；面對那變幻多姿的光影色彩，只有屏息、讚嘆而已。
仰觀長空，在歸鳥的翔翔低迴中，感受到天地的寬廣浩瀚，胸懷
也隨之而朗闊。月光遍灑人間，貧窮的陌巷裡，明月想必會多加
駐足，照亮那角落的荒寒。

蔬果風姿

水蜜桃
武陵嵐霧繞
薰風暖日時相照
一抹嫣紅笑

絲瓜
翡翠凝新碧
歛藏天地精華氣
陽光與露滴

綠花椰
蒼鬱比青松
綠蕊繁花更幾重
雍容度歲冬

如果用心觀察，每一種蔬果都有著不凡的履歷。水蜜桃，曾有山嵐環抱，清風拂照，陽光更為它們塗抹上嫣紅的印記。不起眼的絲瓜，同樣稟受天地的精華，還有陽光雨露的滋潤。綠花椰，有如繁花密蕊，青翠蒼鬱，不敢辜負青花的美名。看似渺小的蔬果，都是無數美好因緣的共同成就，怎能不歡喜領納。

彩繪大師

紫葡萄
圓潤紫晶玉
未釀已含微醉意
何須浪漫語

火龍果
熱情別樣濃
紅龍噴火莫驚恐
內斂清涼功

酪梨
唐三彩本色
渲染輕勻黃綠褐
脂滑勝乳酪

水果是大自然賞賜的恩典，酸甜滋味中蘊含豐富的營養；家裡若擺放些蘋果、柚子，空氣中便浮動著淡淡果香。色澤繽紛的水果，能為單調的空間注入活潑色彩；紫葡萄、火龍果、橙橘，顏色都極為絢麗，至於綠黃褐交織的酪梨，則有唐三彩的調色趣味。大自然是彩繪師，為每一種水果調配出專屬的顏色。

拍攝：陳清俊

淡抹輕勻含醉意 何須浪漫語

第六輯

禪思理趣

一期一會

茶會

桃源偶蒞臨
書畫茶香伴古琴
境緣難再尋

如幻

勝事今何如
一剎影塵漸恍惚
回首渺雲霧

惜緣

流雲散還聚
片羽吉光共記取
悲喜任煙雨

一期一會，是日本茶道的名言，讀來頗有禪意，也反映出人生的真實相貌。雖說：「燕子去了，有再來的時候」；但是，不論尋常或美好的經驗，在時間之流裡，都無法真正長存與複製。剎那的塵影，生活中的吉光片羽，都是今生唯一的一次相會，細細想來，又豈能不好好寶愛、珍惜。

清寂之趣

小歇
山靜綠窗明
清簡茶庵人素淨
雲淡午風輕

夜泛
岸燈若遠星
小舟輕搖水上行
魚眠夢不驚

枯山水
沙白石影孤
淡宕微波似有無
侘寂禪意出

魚躍鳶飛，大自然充滿蓬勃的生機，但在繽紛繁華的底層，卻內蘊著深沉的寧靜。山水清音洗滌了塵垢，徜徉其間，人也逐漸回到本來的單純素淨。枯山水，以石為山，鋪沙成海，將山水的美，剪裁融入庭園，靜寂之中，自有禪趣；為身處紅塵的人，提供了諦觀自然的另一種可能。

拍攝：鄭敏華

沙白石影孤　淡宕微波似有無

夢幻泡影

水泡

彩泡繽紛散
童稚笑逐伸手攔
欲藏片刻歡

光影

花木映石牆
淡淡斜暉畫意長
影含水墨香

殘夢

長夜夢紛紛
醒來欲覓了無痕
坐聽秋雨深

人生種種悲喜的經驗，常介於虛實之間。「一切有為法，如夢幻泡影」，風中飛揚的水泡，雖然繽紛多彩，卻是欲留無計；牆上的光影，剎那推移變幻，演示著畫趣與禪意，引人佇足流連。然而，好夢由來最易醒，從片段的殘夢中醒來，細聽秋雨清冷寂靜的音聲，似乎也在訴說著無邊無盡的心緒。

真幻之間

窗影

高鐵迅如梭
斜雨敲窗人靜默
帶淚遠山坡

曉霧

縹緲嵐煙迴
迷濛霧色籠秋水
客心隨畫醉

夢境

纖柔夢裡花
分明輕擁黃金紗
悄然成幻化

搭乘高鐵返鄉的旅途中，有時會遇見斜雨飄窗的情景；隔著密實的窗，車廂內格外靜悄，玻璃上的雨珠是遠山的淚，帶著幾分淒清迷離。與家人同遊山林，姊妹潭嵐霧縹緲，漫步其間，彷彿走在山水畫裡，美得有些不真實。回首往昔，一切悲喜猶如夢裡花，縱使曾有剎那的璀璨，也都隨心而幻化，終究無法挽留。

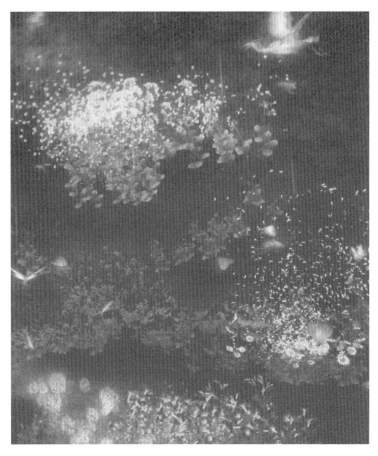

拍攝：鄭敏華

纖柔夢裡花 悄然成幻化

相依相待

聚散
紅塵一旅棧
多少話匣興正酣
歡聚已萍散

短長
百合馨郁開
乾燥玫瑰餘韻在
何事互嫌猜

真贗
璞玉待琢磨
珍鑽水晶眩惑多
心珠自亮灼

暫時歇腳的旅舍，最能體現聚散的無常；歡樂的笑聲還在空中飄盪，轉眼已經入宿新的面孔。窗臺上的鮮花，燦爛開放，香氣撲鼻；瓶中的乾燥花，卻能無畏時間的侵蝕，兩者互有短長。世間萬象總是相對存在，悲歡、得失、真假，在在牽動著我們的情感；何時才能回復本心的清明，不被虛幻的外境所欺瞞？

多元觀點

落花
花謝風拂散
春盡離枝任自然
多情淚眼看

水塘
白鳥試妝鏡
魚棲月影聽蛙鳴
風過寫心情

卜居
魚蝦戲水潭
猿愛綠林虎嘯山
適性即家園

暮春時節，落花隨風飄散，一任自然；但是，多情的詩人卻常為
之沉吟感傷。半畝荷塘，水光澄澈，既是魚兒悠游的天地；也如
妝臺明鏡，映照出水鳥的美麗身影、風悸動的心情。水族入海，
走獸歸山，每種生命都有適合於它的家園。萬法唯識，一切外境
投影在心中，如何去詮釋看待，都不離個人的心識。

刹那印象

驚鷺

淡淡斜陽暮
野塘風過花撲簌
白鳥驚飛渡

露荷

魚戲碧荷葉
露珠圓轉輕流瀉
隨風弄影斜

水漂

河邊逞巧技
飛石點踏凌波去
水花輕濺起

常聽說俳句要有禪意，不過，詩境還可用心尋求，禪趣卻難以刻
意捕捉。棲鳥驚飛、圓荷瀉露、水花飛濺，原是大自然中再尋常
不過的事，卻也呈現出動靜機微的禪趣，觸發生命的醒覺。微細
事物，蘊含著宇宙全體；刹那，也分享了永恆。瞬間的經驗雖然
稍縱即逝，卻留下了心弦的震盪與迴響，久久不散。

拍攝：鄭敏華

野塘風過花撲籟　白鳥驚飛渡

關於界線

天問

日月交相疊
漫長黑夜晨曦接
何處是分野

情事

愛恨心糾葛
情緒婆娑常起落
淚眼含煙波

感受

味蕾初體驗
神秘果子魔法變
酸橘轉瞬甜

畫夜的交界是晨曦、暮色，黑白之間，常存在著一些灰色地帶；愛恨迥然不同，卻一樣牽絆人心，使人無法安住於本心的清淨。神秘果，有獨特的變味功能，食後再品嚐酸果，竟能轉為甘甜；原來，感受也是一線之隔而已。人情事理的界線，雖然看似清楚，實則有些模糊糾結，只有「善用其心」，才能體察其中的幽微變化。

空隙隨想

裂痕
陶壺見裂紋
似刀劃過留傷痕
巧手難回春

生機
綠株石縫穿
活潑生趣上芽端
花草欣欣然

山谷
靜臥群山中
諦聽天地共脈動
涵容萬籟風

萬物皆由眾緣和合而成，當因緣離散時，便會走向敗壞。一把紫砂壺，無論什麼緣故，有了裂痕就難以完好如初。然而，同樣是裂痕，探頭而出的花草能為裂開的石縫，增添許多活潑生趣。山谷看似大地的「缺陷」，卻以謙卑姿態，仰觀雲山，臥聽萬籟；如果能擁有涵容的胸懷，無論圓缺，都是美麗人生。

拍攝：陳清俊

綠株石縫穿　活潑生趣上芽端

靜觀自然

大樹
濃蔭任逍遙
樹梢鳥雀秘築巢
仰觀日月小

流水
盡攏山川水
千里奔流風雨隨
入海成一味

青山
偶爾白雲探
松濤吟嘯鳥盤桓
山靜似參禪

大樹高高矗立，枝葉茂密蓊鬱，有著頂天立地的氣概，它昂然迎向穹蒼的姿態，彷彿連日月都顯得渺小了。溪水晝夜奔流，無論如何迂迴曲折，增添多少雨和淚，終究要匯流入海，同歸一味。只有青山最是寧定，閒看浮雲往來，任憑松風鳥鳴，總是一派閒靜。大自然是無言的老師，為我們默默宣說微妙的法音。

初心微萌

綠芽

青淺嫩芽新
幾分綠意捎春訊
盎然天地心

新秋

秋色晚風知
拂花弄影人棲遲
暑退初涼時

初萌

從渾沌探出
懵懂蹣跚小碎步
陽光灑滿路

季節的轉換，不是日曆時間的分割，而是節候風物的變化；寶島
四季如春，如果不能細心覺察，很難及時捕捉到季節轉換的機
微。人事現象何嘗不如此，每一個轉折、每一次出發，原是驚動
生命的事，卻總被繁忙、喧囂的生活給淹沒了。不忘初心，長保
一份純淨無染的樸實，也是美麗如詩的期許。

長空鳥鳴

鳥鳴
一串音符起
漾動長空自華麗
嘹亮透晨曦

秋音
何處鳥鳴唱
聲聲巧囀隨風上
在秋心迴蕩

飛鳥
晴空絕點翳
翩然飛影不留跡
遺落數聲啼

喜愛這樣的雋語：「風來疏竹，風過而竹不留聲；雁渡寒潭，雁去而潭不留影」，何等灑脫自在的境界！禪者無所沾滯的襟懷，十分令人嚮往。平凡如我們，當聽到清亮巧囀的鳥鳴，目送飛鳥漸去的姿影，心湖裡總會留下波光粼粼、餘音裊裊的迴盪。「長空鳥鳴」的書寫，雖不免於著相，聊記對所遇境緣的珍惜而已。

修行點滴

共修
寺宇晨曦照
白牆墨瓦佛聲繞
殿堂蓮步悄

定課
日課養初心
持呪誦經習梵音
寂境自生春

靜坐
冥想心澄靜
念念隨息煩擾輕
靈山水月明

修行，是一種心靈淨化的工程，需要日積月累的努力和用心。有
時也會背起行囊，參與密集共修，隨著大眾念佛、繞佛，進行心
靈大掃除。只是，平素的用功更為重要，定課是每天與法的約
會；藉由誦經靜坐，將迷失的心帶回家，也讓心習慣於修行。修
行，貴在長遠心，一點一滴都是滋潤與薰習，功不唐捐。

心靈出口

起霧
湖水愁吹皺
心緒茫茫覓渡舟
寒波冷月瘦

洗塵
妄情深似海
浪花騰湧悲歡在
佛日破陰霾

仰止
風雲長變幻
一句彌陀心自寬
慈航大願船

漫長的人生旅程，存在著許多艱難與挑戰，回顧往昔，人我、得失、苦樂等錯綜交織，心靈早已千瘡百孔。看似已經忘懷的舊事，不經意間便翻湧上來，將自己捲入情緒的漩渦裡。現代社會中，心理諮商與治療炙手可熱；然而，人間的恩怨情仇相互糾葛，豈能輕易解決？尋覓多年後，更深信佛陀是生命真正的療癒大師，佛法的智慧才能帶來究竟的治療和撫慰力量。

念佛因緣

念珠
珠串色樸拙
幽淡沉香素手撥
輕喚自心佛

白蓮
風搖花自在
倒映綠波澹蕩白
日照香光來

使者
單騎馳風過
音聲響徹唱彌陀
高調振鈴鐸

身在紅塵，總有無盡的奔波忙碌；當身心疲累時，拈起念珠恭念，是對彌陀淨土的嚮慕，也在喚醒沉睡的本心。每聲佛號，都引領人回到心的清淨；清淨心如蓮花開敷，香光莊嚴。臺北城南有位師姐，常騎著單車高唱佛號，聲音響徹雲霄，已成為街坊一景；傳播媒體曾以「念佛達人」稱之，善哉。

悅讀法華

讀經

清芬一朵蓮
從心底綻放莊嚴
留香唇齒間

法雨

灑落及時雨
草木根莖汲所需
紛披滿眼綠

衣珠

懷珠另覓寶
不識家珍本富饒
奔忙逐幻泡

《法華經》中有許多生動的故事與精彩譬喻。例如:「藥草喻」,闡述的是法雨普潤,草木隨根性不同,各取所需,都能蒙受其利。「衣珠喻」則揭示眾生的迷惘,雖然本具佛性,卻不識自家珍寶,也讓人感嘆、惋惜。讀誦經典,可以幫助我們啟迪生命智慧,淨化心靈的紛擾;全然浸潤於法香時,更會帶來深沉的寧靜與喜悅。

拍攝：陳清俊

清芬一朵蓮 從心底綻放莊嚴

法華三喻

火宅喻
紅塵烈火燃
熱惱逼身猶戀棧
癡夢為誰酣

窮子喻
浪跡久忘歸
棲身陋巷忍悲淚
不敢羨鵬飛

化城喻
故鄉月色老
滿面塵霜返古道
偶歇忘路遙

世界就像一座著火的大宅院，貪玩的孩子卻不知趕緊逃離，還在其中追逐嬉戲；自小和父親失散的流浪人，過著自甘貧賤的生活，不曉得自己其實是富貴人家的長子；漫長的返鄉之路，偶爾可以在化城歇歇腳，但別流連而忘失了終極的目標。《法華經》藉由許多淺顯易懂的故事，為我們闡明究竟的法義，既生動又深刻。

古道清涼

行腳
隨日月長征
披一襟霜寒露冷
穿越生死夢

露宿
聽野溪風過
樹下橋墩常靜坐
攝心契古佛

托缽
風日輕托起
村巷乞食身影低
缽裡悟禪機

佛法從印度傳到中土，為了順應中華文化，行腳乞食的遺規，幾乎已成絕響。近日，觀看網路上《古道清涼》的紀錄片，但見一群僧侶遵循著佛陀古制，千里行腳，托缽乞食。他們的步履堅定安穩，身影謙卑內斂；餐風露宿，日中一食，莊嚴的威儀行止，誠懇踏實的修道精神，令人動容、讚佩！

菩提心影

玄奘
險難壓肩頂
橫渡荒漠心堅定
法寶東方明

僧侶
直承古德說
震天獅吼高峰坐
仰止在彌陀

道人
與曙光同行
點亮佛燈破暗暝
一輪秋月靜

玄奘大師孤身橫越西域，不辭艱險遠赴印度求法，白馬馱經的故事，譯經弘法的志業，成為一則歷史上的傳奇，更讓佛法在東土大放光明。後世的修行者，追隨大師弘願，精研典籍，弘揚法義，大作獅子吼，為的是續佛慧命，喚醒沉睡的人心。自度度人、自覺覺他，這份深廣的菩提悲願，溫暖而感人。

拍攝：陳清俊

點亮佛燈破暗瞑　仰止在彌陀

文化生活叢書·詩文叢集 1301079

俳句·組曲——生活的吟詠

作　　者｜鄭敏華、陳清俊
責任編輯｜林涵瑋
發 行 人｜林慶彰

總 經 理｜梁錦興
總 編 輯｜張晏瑞
編 輯 所｜萬卷樓圖書(股)公司
臺北市羅斯福路二段41號6樓之3
電　　話｜(02)23216565
傳　　真｜(02)23218698

發　　行　萬卷樓圖書(股)公司
臺北市羅斯福路二段41號6樓之3
電　　話｜(02)23216565
傳　　真｜(02)23218698
電　　郵｜SERVICE@WANJUAN.COM.TW
香港經銷
香港聯合書刊物流有限公司
電　　話｜(852)21502100
傳　　真｜(852)23560735

ISBN 978-986-478-864-4
2023年8月初版
定　　價｜新臺幣380元

如何購買本書：
1. 劃撥購書，請透過以下帳號
　 帳號：15624015
　 戶名：萬卷樓圖書股份有限公司
2. 轉帳購書，請透過以下帳戶
　 合作金庫銀行 古亭分行
　 戶名：萬卷樓圖書股份有限公司
　 帳號：0877717092596
3. 網路購書，請透過萬卷樓網站
　 網址 WWW.WANJUAN.COM.TW
　 大量購書，請直接聯繫，將有專人
　 為您服務。(02)23216565 分機610

如有缺頁、破損或裝訂錯誤，請寄回
更換

國家圖書館出版品預行編目資料

俳句.組曲：生活的吟詠 / 鄭敏華, 陳清
俊作. -- 初版. -- 臺北市：萬卷樓圖書股
份有限公司, 2023.08
　面；　公分. -- (文化生活叢書. 詩文
叢集 ; 1301079)
ISBN 978-986-478-864-4(平裝)

　　　863.51　　112010779